AF196538

Tucholsky
Wagner
Zola
Scott
Fonatne Sydow
Freud
Schlegel

Turgenev
Wallace

Twain
Walther von der Vogelweide
Fouqué
Friedrich II. von Preußen

Weber
Freiligrath
Frey

Fechner
Fichte
Weiße Rose
von Fallersleben
Kant
Ernst

Richthofen
Frommel

Hölderlin

Engels
Fielding
Eichendorff
Tacitus
Dumas

Fehrs
Faber
Flaubert

Eliasberg
Ebner Eschenbach

Feuerbach
Maximilian I. von Habsburg
Fock
Zweig

Eliot
Vergil

Ewald

Goethe
Elisabeth von Österreich
London

Mendelssohn
Balzac
Shakespeare
Dostojewski
Ganghofer

Lichtenberg
Rathenau
Doyle
Gjellerup

Trackl
Stevenson
Tolstoi
Hambruch

Mommsen
Lenz
Hanrieder
Droste-Hülshoff

Thoma

von Arnim
Hägele
Hauff
Humboldt

Dach
Verne

Reuter
Rousseau
Hagen
Hauptmann
Gautier

Karrillon
Garschin

Damaschke
Defoe
Hebbel
Baudelaire

Descartes

Hegel
Kussmaul
Herder

Wolfram von Eschenbach
Dickens
Schopenhauer

Darwin
Rilke
George

Bronner
Melville
Grimm Jerome

Bebel
Proust

Campe
Horváth
Aristoteles

Bismarck
Vigny
Barlach
Voltaire
Federer
Herodot

Gengenbach
Heine

Storm
Casanova
Tersteegen
Grillparzer
Georgy

Lessing
Gilm

Chamberlain
Langbein
Gryphius

Brentano
Lafontaine

Strachwitz
Claudius
Schiller
Kralik
Iffland
Sokrates

Katharina II. von Rußland
Bellamy
Schilling

Gerstäcker
Raabe
Gibbon
Tschechow

Löns
Hesse
Hoffmann
Gogol
Wilde
Vulpius

Luther
Heym
Hofmannsthal
Gleim

Klee
Hölty
Morgenstern
Goedicke

Roth
Heyse
Klopstock
Kleist

Luxemburg
Puschkin
Homer
Mörike
Musil

La Roche
Horaz

Machiavelli
Kierkegaard
Kraft
Kraus

Navarra
Aurel
Musset

Nestroy
Marie de France
Lamprecht
Kind
Kirchhoff
Hugo
Moltke

Laotse
Ipsen
Liebknecht

Nietzsche
Nansen

Marx
Ringelnatz

Lassalle
Gorki
Klett
Leibniz

von Ossietzky
May
vom Stein
Lawrence
Irving

Petalozzi
Platon
Knigge

Sachs
Pückler
Michelangelo
Kafka

Poe
Liebermann
Kock

de Sade
Praetorius
Mistral
Zetkin
Korolenko

Der Verlag tredition aus Hamburg veröffentlicht in der Reihe **TREDITION CLASSICS** Werke aus mehr als zwei Jahrtausenden. Diese waren zu einem Großteil vergriffen oder nur noch antiquarisch erhältlich.

Symbolfigur für **TREDITION CLASSICS** ist Johannes Gutenberg (1400 — 1468), der Erfinder des Buchdrucks mit Metalllettern und der Druckerpresse.

Mit der Buchreihe **TREDITION CLASSICS** verfolgt tredition das Ziel, tausende Klassiker der Weltliteratur verschiedener Sprachen wieder als gedruckte Bücher aufzulegen – und das weltweit!

Die Buchreihe dient zur Bewahrung der Literatur und Förderung der Kultur. Sie trägt so dazu bei, dass viele tausend Werke nicht in Vergessenheit geraten.

Ein Fest auf Haderslevhuus

Theodor Storm

Impressum

Autor: Theodor Storm
Umschlagkonzept: toepferschumann, Berlin

Verlag: tradition GmbH, Hamburg
ISBN: 978-3-8424-1294-1
Printed in Germany

Rechtlicher Hinweis:
Alle Werke sind nach unserem besten Wissen gemeinfrei und
unterliegen damit nicht mehr dem Urheberrecht.

Ziel der TREDITION CLASSICS ist es, tausende deutsch- und
fremdsprachige Klassiker wieder in Buchform verfügbar zu
machen. Die Werke wurden eingescannt und digitalisiert. Dadurch
können etwaige Fehler nicht komplett ausgeschlossen werden.
Unsere Kooperationspartner und wir von tredition versuchen, die
Werke bestmöglich zu bearbeiten. Sollten Sie trotzdem einen Fehler
finden, bitten wir diesen zu entschuldigen. Die Rechtschreibung der
Originalausgabe wurde unverändert übernommen. Daher können
sich hinsichtlich der Schreibweise Widersprüche zu der heutigen
Rechtschreibung ergeben.

Theodor Storm

Ein Fest auf Haderslevhuus

Im vierzehnten Jahrhundert in Nordschleswig war es, als dort im tiefen Buchenwalde der Ritter Claus Lembeck auf seiner Höhenfeste Dorning saß. Sie war ihm nach dem Tode seines jütischen Weibes zugefallen; er hatte sein Wappen, einen Geierkopf in rotem Felde, über die Einfahrt des Außentores nageln lassen und zog Wall und Gräben doppelt stark um sich herum. Denn Waldemar Atterdag, der Dänenkönig, trug heimlichen Groll gegen den gewaltigen Mann, der einst aus seinem grimmigsten Feinde sein dienstbeflissener Kanzler geworden war, dann aber wiederum ihm abgesagt und sich zu den Grafen von Holstein, den Schauenburgern, und zum Herzog Waldemar von Schleswig gestellt hatte.

Es war damals gar wilde Zeit bei uns; der König berannte, wiewohl vergebens, die Feste Dorning mit seinem Kriegsgeschwader; dann schloß er Frieden und legte, mit Untreue im Herzen, seine Hand in die des Ritters. Als dieser aber bald danach der tödlichen Nachstellung des Atterdag nur kaum entronnen war, da zog er nach der Insel Föhr, um dort sich eine Burg zu bauen, und ließ die Feste Dorning seinem ältesten Sohne. Das aber war nicht, wie ein Chronist dem andern es nachgeschrieben hat, der Henneke Lembeck, welcher späterhin die Kieler in Not brachte, weil sie einigen seiner straßenräuberischen Burgleute den Kopf hatten vor die Füße legen lassen; es stand noch einer zwischen ihnen, von dem jede Kunde fast verschollen scheint: der älteste Sohn des vielberufenen Ritters war R o l f Lembeck und saß, wenn auch nur wenig Monde, auf Schloß Dorning. Er war nur halb vom Eisenstoffe seines Geschlechtes, und lieber als im Harnisch ging er auf leichten Sohlen und in zierlichen Gewändern von Samt oder Seiden; von ihm war nur ein jäh zerrissenes Minneabenteuer zu berichten, das wie Mondlicht in die Wirrnis dieser finsteren Zeiten fällt; doch damit hatten die Chronisten nichts zu schaffen. Und obschon sein Leben ein Vierteljahrhundert kaum erreichte, so war er doch ein deutscher Ritter, blauäugig und mit blondem Haupthaar, von froher, leichter Jugend und von heißer Lebenslust.

Ich aber weiß von ihm; und was ich weiß, das drängt mich heut, es zu erzählen.

Claus Lembeck wollte keinen Gelehrten aus seinem ältesten Sohne machen; aber gleich ihm, ja besser noch, sollte er Kopf und Faust gebrauchen können, und dazu mußte beides gleich geübt werden. So hielt er ihm einen Klerikus, der den leichtlebigen Gesellen in den Wissenschaften des Quadriviums umherführte; so sandte er ihn danach – es war noch während der Pestzeit – auf die Universität Paris, und der Junker begann sogleich ein eifrig Studium: er lernte höfisch fechten, er lernte tanzen und die Laute spielen, auch klingende Schanzunen dazu flechten, und was der schönen Künste sonst noch waren; die schwereren ließ er den andern. Dann ward ihm noch ein fröhlich Jugendjahr auf der neuen universitas zu Prag, wo derzeit der deutsche König Karl seinen Hof hielt. Hier lernte er die großen deutschen Dichter kennen, den Iwein und den Armen Heinrich Hartmanns von Aue, die Lieder des Österreichers von der Vogelweide, sogar ein Stück von Wolframs Parzival hatte er gelesen; was aber ganz sein Herz gefangen hatte, das war des Straßburger Meisters Liebeslied von Tristan und Isolde.

Von dem weitreichenden Namen seines Vaters tat manch edles Tor, sogar das edelste, sich auf. Bei einem großen Tanzfest im Hradschin, das auch des Königs Gegenwart verherrlichte, war Rolf Lembeck der gewandtesten Tänzer einer und flog in den hohen kerzenhellen Sälen von einer Schönen zu der andern. Der König stand an einem Fenster mit der jungen Gräfin von Jülich im Gespräch; die braunen Augen der Dame aber folgten einem Tanzpaar. »Ei, Majestät, so sehet doch den feinen Junker«, rief sie, »der tanzet ja wie ein Franzos!«

Des Königs Augen waren dem Tanzenden eine Weile gefolgt; dann hatte er genickt und einen Pagen abgesandt, den jungen Tänzer herzufordern.

Rolf Lembeck aber hatte bei seiner Partnerin um Urlaub gebeten und dann, sein blondes Haar zurückstreichend, mit höfischer Verneigung sich dem König vorgestellt. Der betrachtete ihn wohlgefällig; dann aber schüttelte der den Kopf, und sich zur Gräfin wendend, sprach er: »Ihr irrt, schöne Frau! Von ferne möcht man's glauben; doch – nicht so, Junker, Ihr seid nimmer ein Franzose?«

»Da Majestät mich solcher Frage würdigen«, entgegnete Rolf Lembeck, »ich bin ein Holste, königlicher Herr; aber ich war zwei Jahre auf der Universität Paris.« Und lächelnd fügte er hinzu: »Bonarum artium causa, der schönen Künste halber!«

»Und studieret«, sprach der König, »die bonas artes jetzt in unserm Prag?«

Der Junker machte eine schweigende Verbeugung. Dann durfte er erzählen, daß er Claus Lembecks Sohn im fernen Schleswig sei, von dessen Händeln mit König Waldemar das Gerücht auch hieher an des Königs Hof gedrungen war.

»Ich dachte nicht«, sprach dieser, »Ihr wäret auf so hartem Stamm gewachsen; doch« – und er winkte huldvoll mit der Hand – »tanzet jetzt weiter und erfreuet unser Schönen durch Eure bonas artes! Ihr sollet mir später noch von Paris erzählen!«

Und Rolf Lembeck flog wieder in den Tanz zurück; wie begehrend war sein roter Mund geöffnet, und seine Augen sprühten blaues Feuer, wie er nach der Schönsten im Saale ausschaute, und als er mit demütigem Neigen vor die Erwählte trat, schoß ein helles Freudenrot durch ihre Wangen.

Der König, der einen Teil seiner Knabenjahre in Paris verbracht hatte, hörte an späteren Festen dann des Junkers heitere Geschichten, und als dieser das prächtige Prag verließ, nahm er den Ritterschlag von des höchsten Herrn Hand als einen weiteren Schmuck mit auf die Heimreise. Der König aber, als später die alte Oberhofmeisterin ihn darum angegangen, warum er dem jungen Holsten solche Ehre angetan, hatte lächelnd erwidert: »Bonarum artium causa, Gräfin; er hat sie trefflich ausstudiert.«

Rolf Lembeck war nicht aus eigenem Willen heimgegangen, sein Vater hatte ihn gerufen; er hatte um ein ehelich Gemahl für ihn geworben, »denn« – so hatte er gesagt – »der Vogel muß eingefangen werden, die Flüchten wachsen ihm zu geile.«

Das Weib war die junge Witib eines holsteinischen Ritters Hans Pogwisch, der in den Kämpfen der Schauenburger Grafen wider König Waldemar vom Pferd gehauen worden; sie selbst aber war aus einem Nebenzweige der regierenden Schauenburger und mit Land und Sand nicht übel angesessen. Ihr Sinn stand wohl darauf, ihr leeres Witwenbett zu füllen; aber mit Augen sehen wollte sie zuvor den jugendlichen Ritter, nicht nochmals einen Ehegespons gleich dem Verstorbenen.

Sie hatte während des Krieges sich auf ihren holsteinischen Hof zurückgezogen, und als ihr Eheherr ihr dort sterbenswund ins Haus gebracht war, saß sie in Geduld an seinem Lager. Der Scharfrichter aus der nächsten Stadt war da gewesen, hatte verbunden und mit dem Apolloniuspflaster zusammengeklebt; aber er hatte dabei den Kopf geschüttelt. Frau Wulfhild legte immer wieder nasse Binden auf; sie tat das wie ein andres Geschäft, das sich von selbst verstand; die Ruhe auf ihrem schönen Antlitz aber war nicht die sichere Hoffnung auf Genesung des Verwundeten, denn es wurde heiterer, je bleicher Tag für Tag der Kranke wurde. Sie nickte und sprach unhörbar zu sich selber: »Geduld, noch eine kurze Weile!« Denn der jetzt unmächtig vor ihr lag, er hatte in Trunk und Spiel und wüstem Lärm sein Leben hingebracht; um grobhaariger Dirnen willen hatte er offen sein schönes Weib verachtet.

Nur über einzelne Worte hatte er jetzt mitunter noch Gewalt; auch die, so hoffte sie, sollten bald verstummen. Harrend saß sie in dem dumpfen Krankenzimmer und hörte gleichgültig auf die Ratten, die in Scharen über ihnen auf dem Boden rannten. Aber der Sterbende wollte Ruhe haben: er griff jäh nach seines Weibes Hand und wies mit kaum erhobenem Finger nach der Zimmerdecke; das Wort vermochte er nicht zu finden. Sie sah ihn ruhig an: »Soll ich sie töten?« frug sie; und nach einer Weile brachte er es zusammen; sein Kopf versuchte ein stummes Nicken: »Die Ratten!« stammelte er.

Und sie ließ Rattenkraut vom Schäfer holen, nahm ein Teil davon und legte das übrige in ihre Truhe. Darauf wurde es still über dem

Schlafgemach; die Ratten lagen, im Todeskampfe zuckend, in den Bodenwinkeln.

Aber der wunde Mann begann an einem Morgen schier verständlicher zu reden, und seine Flüche wurden kräftiger; da erschrak sein Weib und fürchtete, das böse Leben mit dem Gesunden könne wohl aufs neue beginnen. Darum ließ sie von dem Scharfrichter, dessen geheimes Wissen ihr solche Sorge machte, und statt seiner wurde ein Chirurgus beigeschafft, dessen Kunst noch keinem Wundem aufgeholfen hatte. Der brachte andre Pflaster und Heilmittel, und als er wieder auf seinen Klepper stieg, sprach er mit rückgewandtem Kopf: »Seid frohen Mutes, edle Frau! Euer Ehebett soll nicht verwaiset werden! Und morgen bin ich wieder da!«

Dann ritt er fort; das schöne Weib aber blieb am Torpfosten stehen und sah noch lange ihn ins Land hinausreiten. Ihr blondes Goldhaar zog sie langsam durch die Finger, und ihre weißen Zähne zerbissen einen Strohhalm, den sie aufgegriffen hatte. »Die Ratten!« brach es plötzlich von ihren Lippen, und sie fühlte, wie jählings ihre das Blut zum Hals hinaufstieg. Aber sie wurde es nicht los; es kam ihr immer wieder: »Die Ratten!« Es verfolgte sie auf Trepp und Gängen, und in der Krankenkammer war es unverjagbar. Und als der Abend kam, da trieb es sie im Dunkeln zu der Truhe, und ihre zitternde Hand tappte nach dem Rest des Pulvers. In dem Trunke, den Frau Wulfhild an diesem Abend ihrem Eheherrn gab, trank er den Tod hinunter.

Zwei Tage später war in dem düsteren Hausgang die Leiche ausgestellt; doch nur Frau Wulfhild stand hochaufgerichtet mit untergeschlagenen Armen an der Totenlade und sah mit immer größer werdenden Augen auf das harte Leichenantlitz: »Leb wohl, Hans Pogwisch!« sprach sie; »der Kampf ist aus, auch zwischen uns! Ich hab' deiner Hand mich schwer erwehrt! – Ein andermal – doch, das kümmert dich nicht mehr!«

Eine Dienerin war eingetreten mit den Trauergewändern auf den Armen; und schweigend wandte sich die Witwe von dem Toten und schritt mit ihr zur Kammer, wo noch das Ehebett für sie und den Gefallenen stand. Die Kammerfrau tat ihr das lange, mit schwarzen Tränen bestickte Skapulier an und knüpfete die mönchsartige Hüftschnur um den geschmeidigen Leib; sie aber hatte dessen nicht weiter acht. Erst als die Dienerin ihr zur Beschau den Metallspiegel vorhielt, fuhr sie wie aus Träumen auf: »Das sei Gott geklagt, der mich zur Witwe machte!« rief sie. »Ich habe darum doch nicht den Tod gefreit!« Damm, mit rascher Hand den Gürtel lösend, schleuderte sie ihn von sich und zerriß das feierliche Gewand mit einem Ruck von oben bis fast zum untern Saume: »Bring mir mein braunes Wollenkleid, das mag genügen!« Und die erschrockene Dienerin schritt schweigend aus der Kammer, um den Befehl der strengen Herrin zu erfüllen.

Des Toten Sippe, da solches kund ward, sah die Witib drob mit scheelen Augen an; Claus Lembeck aber hatte zu sich selber gesprochen: »Das ist das Weib für Rolf Lembeck; die wird den flüggen Vogel halten!« Er sah wohl, daß erst jetzt die Lebensfülle dieses Weibes sich völlig auszuwachsen begann: die blauen Glutaugen ließ sie froh umherschweifen, und das wellige Goldhaar fiel ihr frei über den stolzen Nacken; doch so viele ihrer auch begehrten, sie sah noch keinen, dem sie sich jetzt ergeben mochte.

Da, an einem Frühlingsmorgen, trat Rolf Lembeck mit seinem Vater zu ihr ins Gemach. Die Stunde war vorher bestimmt, und lange, mit steigendem Herzschlag, war sie auf und ab geschritten; doch als die jugendlichen Gestalten sich jetzt gegenübertraten, fehlte nach der feierlichen Verneigung beiden das Wort der Anrede; wie erschrocken über ihre Schönheit schauten sie sich an.

Claus Lembeck lächelte in seinen Bart: »Mein Sohn Rolf Lembeck, edle Fraue!« sagte er, »dem, wie ich sehe, der Anblick Eurer Schöne schier den Mund verschlossen hat.«

Sie atmete tief auf: »Ihr scherzet, Herr Marschall; Euer edler Sohn hat der Frauen wohl schönere gesehen zu Paris und draußen in dem Reich!«

Aber Rolf Lembeck rief: »Verzeihet, viel schöne Frauen; doch keine Schauenburgerin!« Und beider Blicke sanken ineinander.

Dem alten Ritter gefiel es wohl, daß er eine Weile schier vergessen dastand. Dann aber sprach er: »Ich seh schon Euren Willen; nur der Schreiber ist noch vonnöten!«

Frau Wulfhild langte nach einer Schelle, die auf dem Tische stand.

»Was wollt Ihr, Fraue?« frug der Ritter.

»Euch den Schreiber rufen«, sprach sie lächelnd, »denn einen Vater möcht ich, wie Ihr seid, Ritter!«

»Dank, holde Fraue!« rief der Alte. »Nun, Rolf, willst du dieses Weib aus deines Vaters Hand?«

Rolf hatte schon die schöne Frauenhand an seinen Mund gezogen und sein beteuernd »Ja« gesprochen, als Claus Lembeck ein beschrieben Pergament hervorzog. »Wir brauchen keinen Schreiber«, sagte er, behaglich nickend; »ich gehe nicht ohne Rüstung auf so zweifelhaftes Feld! Was Euch an Gütern eigen ist, Frau Wulfhild, weiß ich; was ich dem Sohne gebe, mögt Ihr hieraus sehen! Nun leset, ob ich nach Eurem Sinn geschrieben habe!«

Sie rollte das Blatt auf und sah hinein; gelesen hat sie nichts davon; es war auch nicht vonnöten, denn Claus Lembeck suchte in derlei Dingen niemanden zu hintergehen. Sie tauchte eine Feder in ihr Tintenfaß und schrieb in großen Zügen unter das Schriftstück: »Wulfhild von Schauenburg, Hans Pogwisch' Witib.«

Und als zu zweit auch Rolf mit flüchtiger Hand den Entwurf der Eheakte unterzeichnet hatte, da war der Verspruch getan, und Claus Lembeck sagte wohlgefällig: »Mögen gräflicher Notarius und der Priester nun das Letzte tun!«

Frau Wulfhild stand mit geröteten Wangen und glänzenden Augen inmitten des Gemaches, zwei Finger ihrer weißen Hand in der des jungen Ritters; als aber itzt die Männer sich verabschieden wollten, neigte sie sich zu dem jungen und sagte leise: »Den Kuß nun, den Verlobungskuß, Rolf Lembeck!« Als aber der Kuß gegeben und genommen war, ergriff sie heftig seine beiden Hände, und sich aufrichtend, fast mit ihm zu gleicher Höhe, sah sie mit ihren brennenden Augen in die seinen: »Ihr wart im Reich, Rolf Lembeck!« rief sie, und wie aus heißer Leidenschaft klang es herauf: »Der Frauendienst soll dort noch umgehn; ich aber will den Gemahl allein! Verflucht die Lippen, die ein ander Weib berühren!«

Rolf Lembeck war schier erschrocken; doch als er sie in ihrer wilden Schöne vor sich sah, da riß er sie an sich und küßte sie inbrünstiglich und rief: »Das mag ums Leben gehen, Wulfhild!«

Der Alte aber sprach in sich selber: Das Werk ist wohlgefestet.

– – Die Männer hatten sich verabschiedet; die Frau war im Gemach zurückgeblieben; sie stand und horchte den Schritten nach, die in dem Saal verhallten, der vor ihrem Zimmer lag; dann konnte sie's nicht lassen, die Tür zu öffnen, als wolle sie die Spuren des ihr eigen gewordenen schönen Mannes noch auf den Dielen suchen. Als sie sich umblickte, sah sie auf einem Schemel, hart an der Tür, den Schreiber Gaspard sitzen; seine braune Gugelkappe, die hinten mit dem gleichfarbigen Rock zusammenhing, war ihm von dem kurzen Schwarzhaar abgeglitten, so daß sie mit Schwanz und Kugel ihm im Nacken hing; er saß mit gekreuzten Beinen und sah mit schief herabgesenktem Kopfe auf die Dielen, als wolle er dort etwas mit seiner spitzen Schnabelnase aufpicken. Es war ein seltsamer Gesell mit einem scharfen ältlichen Gesicht; er mischte sich gern in andrer Leute Sachen und war voll Lied- und Spruchweisheit; das Gesinde aber nannte ihn Gaspard den Raben, und der Rabe galt viel bei seiner Herrschaft.

»Du bist es?« sprach die schöne Frau. »Was hast du hier Geschäfte?«

»Keine, Herrin; ich dachte sie bei Euch zu finden«, entgegnete er, ohne aufzusehen.

»Sie waren beschafft«, sagte sie; »es gab nichts mehr für dich.«

»Ich weiß, ich weiß!« Dann sang er mit seiner scharfen Stimme leise vor sich hin:

> »Der gülden Hahn mit sieben
> – Darum ist er der Hahn –
> Er geht mit sieben Hühnern,
> Mit Scharren und mit Dienern –
> Das kann er gar nicht lan!«

»Laß nur den Narren, Gaspard!« rief die Herrin. »Was treibst du hier?«

»Das Lauschen ist ein undankbares Geschäft!« sagte er.

»Und hast es doch getrieben?«

»Für Euch nur, edle Herrin!«

»Warum siehst du vor dich auf die Dielen?« frug sie wieder.

»Auch für Euch, edle Herrin!« sprach er. »Ich sah dort tuten Rat; aber ich seh itzt, es lohnt nicht mehr, ihn aufzuheben.«

Sie lachte: »Hab Dank; ich habe ihn selber schon gefunden! Das aber ziemt dir nicht, daß du die Schauenburgerin den Hühnern beizählst; dank es meinem Glück, daß ich dir die Strafe schenke!«

Gaspard zog Nase und Mund herunter, als müsse er eine neue Weisheit niederschlucken; dann sprang er mit rascher Bewegung in die Höhe, um seiner Herrin das Gewand zu küssen.

Als die Hochzeit auf dem Hof der Braut gehalten war, zog Claus Lembeck nach der Insel zu seinem Burgbau; der Baumeister hatte ihn gerufen, denn zwischen den Werkleuten, da die dortigen Männer meist auf Seefahrt waren, befand sich viel fremdes und wüstes Volk, so daß des mächtigen Bauherrn eigne Person vonnöten war; auch stand das Werk so weit gediehen, als dieser den Plan genehmigt hatte. Die jungen Ehesponsen aber zogen in der Frühe eines heiteren Aprilmorgens mit einem Gefolge von Dienern, Amtleuten und Frauen zu Wagen und zu Rosse nordwärts hinauf nach Schleswig nach dem Schlosse Dorning. Sie saßen nicht in weichen Kissen: nebeneinander, aber jeder auf eignem Rosse – Frau Wulfhild auf ihrem lichten Schimmel, auf seinem schwarzen Hengste Rolf – waren sie an der Spitze des Zuges geritten; doch oftmals drängten die Tiere sich zusammen; dann warf das Weib sich mit der Brust zu ihm hinüber, daß Rolf nur kaum den Hengst bezwingen konnte.

Der Tag war heiß geworden, und es war schon Nachmittag, als sie den Weg zur Burg hinaufzogen. Als sie oben durch den ersten Mauerring geritten waren und die Hufen ihrer Pferde auf die Zugbrücke schlugen, die über den tiefen Zwinger herabgelassen worden, sah Frau Wulfhild unter sich hinab auf das Heer von spitzen Pfählen, womit der Graben angefüllt war: im selben Augenblick drang von drunten hinter einer Pforte ein wild Geheul herauf. »Was ist das?« frug sie den jungen Ehegemahl.

»Da drunten, Wulfhild? Das sind meines Vaters liebste Hunde; er läßt sie nachts im Graben laufen, sobald die Brücke aufgezogen ist. Wir wollen sie töten lassen, denn es sind grimme Wölfe, und statt der Spitzpfähle ein Würzgärtlein mit Blumen pflanzen!«

»So?« sprach sie sinnend. »Nein, nein, laß mir die Wölfe! Ihr habt einen weisen Vater, Rolf!«

»Nach Eurem Willen, hohe Herrin!« rief der Ritter fröhlich.

Aber vor ihnen vom Pfortenturm blies itzt der Wächter immer mächtiger, und drunten aus der weit offenen Torfahrt drang Getöse und Waffenschall; da spornten sie ihre Rosse und sprengten ihrem Geleite voran hinein. In der Mitte des Hofes, um die schon grünende gewaltige Linde, standen Burgleute und Gesinde und begrüßten sie mit lautem Zuruf: »Heil Ritter Lembeck, unserm Herrn! Heil seiner schönen Fraue, Heil!« Sie zügelten ihre Rosse, und Wulfhilds

Auge flog wie herrschend über die dichte Schar; als aber die Leute jetzt zurücktraten, wurde ein Brunnen bloß, in dessen steinernem Überbau der Eimer hing. »Ha, Wasser!« rief sie. »Wer reicht mir zum Willkomm einen Trunk dort aus der Tiefe?«

Da stürzten Männer und Weiber an den Brunnen, und sie hätten den Eimer abgerissen; aber er hing zum Glück in Ketten und fuhr rasselnd in die Tiefe. Bald trag der Burgwart mit einem Glaspokale aus dem Schloßtor, und nachdem er mit dem klaren Quell gefüllt war, bot der Alte ihn der Herrin dar.

Sie hob ihn auf, daß die Sonnenstrahlen hindurchblitzten; dann trank sie und rief: »Das Wasser ist gut hier auf der Burghöh; aber, ihr Leute, Frau Wulfhild wird auch sorgen, daß es an Met und Fleisch nicht fehle!«

Da erhub sich neuer Zuruf, und dazwischen scholl von draußen das dumpfe Geheul der Wölfe. Rolf Lembeck aber flüsterte zu seinem Weibe: »Du wirst gefährlich, Wulfhild; du willst alles, mich und meine Leute!«

Sie lächelte nur; doch als sie drinnen im Gemach den schönen Mann allein hatte, umschlang sie ihn mit ihren festen Armen: »Dich will ich, Rolf! Was kümmert mich das andre!«

Der junge Eheherr sah ihn in die zärtlichen Augen, als ob er Rätsel lösen solle.

Im Hofe draußen war es allmählich leer geworden; nur Gaspard der Rabe, den die Herrin nicht zurückgelassen hatte, saß noch unter der Linde auf der Steinbank, die um ihren Stamm herumlief. Sinnend saß er; er kannte seine Herrin: es war vom Blut des großen Gerhard in ihr; die Kunkel war ihr nicht genug. Mitunter fuhr ein dünnes Lachen durch seine schmalen Lippen; dann, wie mißbilligend, schüttelte der den Kopf: »Hüt dich, Frau Wulfhild!« – leis, doch in scharfen Akzenten rief er es gegen das Burgtor hin – »der Vogel ist noch nicht dein eigen!«

Der Rabe hatte gekrächzt; ein Hauch des noch verborgenen Wetters mochte ihn gestreift haben; woher es kommen sollte, wußte er nicht. Ich aber will es jetzt erzählen.

Eine Meile von Dorning gegen Osten, hinter dem Dorfe Hammelef, lag das später im sechzehnten Jahrhundert abgebrochene Schloß Haderslevhuus; man nannte es auch eine Bergfeste, denn wie jenes lag es in diesem höhenarmen Lande auf einem Hügel von wenig über achtzig Schuh. Alter Buchenwald bedeckte diesen und begrub fast das Schloß in seinen Wipfeln; aber auch nach Osten breitete er sich aus, doch so, daß dort ein schmaler Sandweg dicht an der jäh abfallenden Hügelwand vorüberführte und den Hinaufblickenden den oberen Teil des stumpfen Schloßturms sehen ließ. Wer etwas weiter ging, gelangte an eine von den ältesten Bäumen überwölbte Auffahrt, die in Windungen zum Schloß emporführte; wer nicht dahingehörte oder dort nichts zu schaffen hatte, den brachte der Weg, um tausend Schritte weiter, in die Stadt hinab. – Vor Beginn jenes Sandweges aber führte ein andrer, breiterer Weg zu Westen in weitem Bogen um den Schloßhügel und durch die freie Landschaft nach demselben Ziele. Dies war der gewöhnliche Stadtweg; denn in dem andern war vor Jahren ein Bauernbursch vom Wolf zerrissen worden, und die Leute gingen dort nicht gern.

Die feste Burg, von deren Ursprung schon derzeit keine Kunde gewesen zu sein scheint, war mit den Wäldern und sonstigem Landbezirk seit Jahren im Pfandbesitz des Dänenkönigs Waldemar Atterdag, wenngleich sie zu dem Leibgeding der Witwe des Herzogs Erich gehörte. Ein schleswigscher Ritter, Hans Ravenstrupp, saß als Schloßhauptmann des Königs dort, ein Mann von gewaltigem Körperbau. Halbwüchsig war er einst ein wilder Gesell gewesen und von rascher Faust; er hatte den eignen Bruder einmal fast im jähen Zorn erschlagen. Doch je mehr seine mächtige Gestalt sich auswuchs, je mehr er gefürchtet, ja als überlegener Streitentscheider aufgerufen wurde, um so milder wurden seine Sitten; dazu half ihm auch sein froh und gut Gemüt, das ihm der Herr mit auf die Welt gegeben hatte. So war er ein glücklicher und fester Mann geworden. In einigen Händeln seines Königs hatte er grimmig und mit Glück gefochten; kam er dann heim mit seinen Burgleuten, so standen vor der offenen Torfahrt sein zartes dunkles Eheweib, drei Söhne und zwei Töchter, alle voll Kraft und Wohlgestalt, und schwenkten grüne Buchenzweige in den Händen; dann sprang er von seinem Streithengst, und sie gingen über den Hof in das große Tor der unteren Halle, das erst vor wenigen Jahrzehnten von der Herzogin hier gebrochen war; und Glück und Frieden gingen mit. Zogen an Sommerabenden dann Wanderer oder Reiter unten durch den Sandweg, so hörten sie manches Mal ein Lachen oder Rufen von frohen Kinderstimmen über sich; dazu wohl eine tiefe Männerstimme, die beruhigend dazwischensprach. Die gehörte dem Ritter Hans Ravenstrupp, der hier seine Abendmuße mit Frau und Kindern teilte; denn der Burggarten, den ausnahmsweise dieser fürstliche Bau besaß, lag dort hinter starken Mauerzinnen. Die Hügelwand freilich fiel hier steil und kahl hinab; aber hart daran war eine italische Pappel, derzeit eine Seltenheit hierzulande, so hoch hinaufgewachsen, daß sie die Mauer wohl um zwanzig Schuh noch überragte. An einem ihrer oberen Zweiglein flatterte jetzt an leichtem Faden ein Kunstschmetterling aus bunten Hahnenfedern, den die ältere Schwester Heilwig angefertigt und den der Vater dort befestigt hatte. Der älteste Knabe stand hinter den Würzebeeten an dem Taxusbusche, seine gespannte Armbrust in der Lage; die Jüngste, die kleine süße Dagmar, hatte die Mutter auf den Arm genommen, damit sie alles sehen könne. Nun kam aufs neu ein Lufthauch, der den Sommervogel flattern machte. »Schieß!« rief der Vater, und der Bolzen flog von des Knaben Armbrust; eine Feder stob aus dem Schmetterling und wurde von dem Winde hoch in die Luft getragen. Da klatschten alle in die Hände, der Vater und die Mutter auch, und die süße Dagmar schlug ihr Kinderlachen auf und ließ nicht ab, sich ihre Händchen rot zu patschen.

Es wurde alles anders. – Einige Jahre später, es war an einem Nachmittage des September 1349, da der Ritter mit seinem Schreiber an der Arbeit saß, kamen die damals elfjährige Dagmar und der um ein Jahr ältere Bruder Axel mit erschreckten Gesichtern zu ihm hineingestürzt. Etwas unwillig blickte er auf: »Was ist? Was habt ihr, Kinder?«

Sie waren fast außer Atem; aber Dagmar, das schmächtige Ding, war, wie um Furchtbares zu erzählen, mit erhobenen Armen vor ihn hingetreten.

»Nacht!« rief sie. »Es wird Nacht, Vater!« Und aus dem schmalen Gesichtlein sahen die schwarzen Augen zu ihm auf.

Der Ritter blickte um sich: sie hatte recht, die Sonne war erloschen, die Wände des Gemaches standen öd und lichtlos.

»Ja, Herr«, sagte der Schreiber; »es fällt wie Asche auf die Schrift.«

»Nein, Ringang, nicht wie Asche!« rief der Knabe. »Ich sah es: im Norden, weit hinaus, stieg schwarzer Nebel aus der Erde und schwimmt wie eine Wolke auf uns zu; sehr nur, es wird ganz finster hier! Kommt, kommt mit hinaus!«

Die Kinder faßten beide die Hand des Vaters; und er ließ sich von ihnen aus dem Gemach und nach dem stumpfen Turm hinaufziehen; auch die Mutter mit der älteren Tochter und die beiden älteren Söhne stießen auf dem Wege aus Hallen und Gemächern zu ihnen. Als sie die Platte des Turmes erstiegen hatten, stand schon ein Teil des Gesindes dort und wich ehrerbietig an die Seite; alle schwiegen, nur die alte Schaffnerin flüsterte mit ihrer heiseren Stimme zu dem einen oder andern: »Die Zeichen des Herrn erfüllen sich! Wißt Ihr noch, da um das Julfest dreizehn Kühe jählings wild geworden! Und da wir nach dem Backen das erste Gerstenbrot aufschnitten, schnitten wir nicht in schwarzes Blut? Des Herrn Gericht! O alle Heiligen, seid unsre Helfer!« – Aber niemand antwortete ihr.

Die Schloßfrau hatte die Hand ihres Mannes ergriffen, und bald lagen alle Kinderhände in der seinen; denn schon hatte das schwarze, von Norden kommende Dunstgespenst sich über sie gebreitet und sank in furchtbarem Schweigen auf die Erde.

»Kommt!« sprach der Ritter leise, indem er mit den Seinen zuerst die Treppenstufen hinabstieg. Und alle folgten ihm nach unten zu der kleinen Burgkapelle, deren Torklinke nur noch mit tappender Hand zu finden war. Drinnen aber zogen schwarze Nebelflocken unter der gewölbten Decke und verbargen das Antlitz des Kruzifixus über dem Hauptaltar; und von dem Bild der Mutter Gottes scholl die zerrissene Stimme der alten Schaffnerin: »O heilige Jungfrau, deine Augen! Wo sind deine Augen?« Alle lagen auf ihren Knien in den Stühlen und beteten stumm und schrien mit gerungenen Händen zu Gott und allen seinen Helfern.

Sie hätten es sich sparen können; denn der Schwarze Tod war gekommen, der die Welt leerfraß und gegen den nichts half als sterben.

In selbiger Nacht noch blies er den jüngsten Knaben an, und sein Eingeweide brannte, seine Lippen wurden wie Ruß, und am dritten Tage war statt des schönen Knaben ein schreckhafter blauschwarzer Leichnam auf dem in Todesqual zerwühlten Bette; dann griff er nach der schönen ältesten Tochter, dann nach den beiden andern Söhnen; und sie starben alle, alle. Hallen und Gemächer dufteten Tag für Tag nach frischem Gras und Thymian, das gegen die böse Pestluft überall gestreut wurde; aber die Mutter Erde und ihre Kräuter hatten keine Heilkraft mehr; es war, als ob selbst Gott der Herr die Macht verloren habe auf seiner Erde.

Ein paar Monde schien dann das Sterben im Schlosse aufzuhalten; da eines Tages trat die Schloßfrau zu ihrem Eheherrn in sein Gemach, gekrümmten Leibes, mit entstelltem Antlitz. »Benedikte!« schrie er.

»Ja, Hans, ich muß nun auch von dir!«

»Du nicht! Du nicht, Benedikte!« Und er streckte seine Arme nach ihr aus. »Herr Gott, wo bist du? Herr, schütze deine Menschen!«

Aber bevor er sie berührte, war sie mit ihrer letzten Kraft entflohen. »Ade, du mein Herzenstrauter! O süße Dagmar!« So rief sie noch zurück.

Er hatte ihr folgen wollen, aber ein bewußtloser Schrecken hatte ihn festgehalten; dann ging er taumelnd nach ihrem Ehegemach; aber es war leer, und seiner Sinne unmächtig, sank er auf das große Bett.

Die Schaffnerin, die noch lebte, fand ihn am andern Tage; aber sie erkannte, daß das große Sterben ihn nicht ergriffen habe.

Während sie ihn pflegte, war sein Weib verschwunden, und Dagmar, um die sich niemand kümmerte, das blauschwarze Haar wirr um ihr blaß Gesichtchen, lief, nach der Mutter weinend, durch Hall' und Gänge. Da wollte eine der Dirnen ein Gewandstück aus einer entlegenen Kammer holen; aber schreiend stürzte sie zurück, denn auf einem alten dort stehenden Bette lag ein schwarzer Leichnam, dem die Abendsonne das Gesicht beschien. Da die andern Dirnen hinzukamen, sahen sie, es sei die Schloßfrau, die einsam hier gestorben war.

Als der Ritter aus seinem Wirrsal aufwachte, war sein Weib nicht mehr im Hause. Die Kinder lagen drunten auf dem nahen Kirchhof; der aber hatte lang schon keine Erde mehr für neue Tote; seitwärts vom Walde war eine Niederung, dort hatte man mit Pfählen ein Viereck ausgeschlagen, wohin nun alle gebracht wurden, die der Tod erschlug. Draußen auf dem »Pestacker« war auch des Ritters Weib vergraben worden; so erzählte man ihm jetzt.

Er erwiderte kein Wort auf diese Kunde; aber er erhob sich bald von seiner Bettstatt. Den Gürtel lose um den grauen Leibrock geschlungen, die Otterkappe in die Augen gedrückt, schritt er langsam durch alle Hallen und sich kreuzenden Gänge des ganzen Baues, treppauf und -ab; mitunter riß er eine Tür in ihren schweren Angeln auf, er stand wie hintersinnig auf der Schwelle und blickte in das düstere Gemach; aber die Zellen waren alle leer und totenstill; wo die Älteste geschlafen hatte, lag in der Fensterbrüstung noch das verhungerte Rotkehlchen, das der kleine Axel ihr einst gefangen und jubelnd heimgebracht hatte; niemand hatte die Zellen öffnen dürfen, seitdem die jugendliche Gestalten als furchtbare Leichen dort herausgehoben waren.

Das Leben und die Arbeit lag danieder, alle Ordnung und Geschäft war aufgelöst; aber jeden Tag, morgens und wenn die Sonne niedersank, machte der Ritter seine düsteren Gänge durch die Burg; er rechnete nicht mit sich, weshalb; es war auch Sonstiges nicht für ihn zu tun. Ein paarmal war Dagmar ihm leise nachgeschritten, aber er sah nicht rückwärts; auch als sie in Angst und Sehnsucht stärker auftrat, schlossen nur seine Hände auf dem Rücken sich fester ineinander, und ohne sonstige Bewegung schritt er weiter. Da blieb sie stehen, legte die Finger auf ihre zitternden Lippen und verschluckte ein paar Tränen, die ihr aus den Augen fielen; dann kehrte sie um und suchte bei der alten Schaffnerin ihren stillen Unterschlupf.

Nur einmal, da bei seinem Vorübergehen das blasse Gesichtlein ihn so stumm und flehend angesehen hatte, ging er auf seinem Totengang nicht weiter. Er gedachte plötzlich einer Base seines toten Weibes, die einst in ihrer Jugend am Thüringer Hofe auf kurze Zeit zu den gelehrten Frauen gezählt worden sei; denn sie verstand zu lesen und zu schreiben, hatte sogar den Virgilium studiert; auch Paramentenstickerei und derlei Künste hatte sie verstanden. Sie war nun alt und lebte in einer kleinen Stadt von einem Rentlein, welches ihr die Sippe gab.

Der Ritter ging in sein Gemach; er setzte sich an seinen Schreibtisch und lud die Base ein, zu Zucht und Lehre Dagmars in sein Haus zu kommen. Und nicht lange, so war sie mit ihrem kleinen Hausrat eingerückt; darunter fanden sich ein Päckchen Pergamentrollen und beschriebener Blätter, eine sauber geschnitzte Mutter Gottes und eine kleine Anzahl von Glasscheiben, für welchen man auf ihr Verlangen das sonst nur mit dünnen Därmen bespannte Fenster ihrer Kammer zurichtete.

Seitdem lebte und schlief Dagmar mit der Base. »Wir wollen es gut mitsammen haben, Kind!« sagte die Alte, da sie zum erstenmal sich neben dem Mädchen in ihren breiten Sessel setzte.

Und Dagmar ergriff ihre beiden alten Hände.

»Aber du zitterst, Kind!« rief die Base.

»Ja, Bas', ich war hier so allein!«

Und die alten guten Augen sahen zärtlich auf das blasse Ding; aber Dagmar zitterte noch immer, sie war der Liebkosungen zu lang nicht mehr gewohnt. Allmählich, erst nach Monden, brach wieder ein zartes Rot durch ihre Wangen, und der süße Augenschein war wiederum darüber; und wenn noch so alt, sie hatte itzt doch eine, zu der sie gehörte, die keine andre in ihren Arm nahm als nur sie.

Der Ritter aber war am Ende ein finsterer Mann geworden; die Lust und Güte seines Herzens war bei den Toten; gegen die Lebenden war seine Hand von Eisen.

So ging die Zeit um ein paar Jahre weiter. Der König hatte harte Abgaben auferlegt, die härteste war der Viehzehente, und für falsche Angabe des Viehbestandes waren schwere Bußen ausgeschrieben. Der Schloßhauptmann saß den Vögten in dem Nacken, daß alles pünktlich eingetrieben werde: »Der König will es«, war seine einzige Antwort, wenn sie dagegen über des Volkes Unmacht klagten. Warfen dann die Armen sich ihm selber in den Weg, so wandte er schweigend ihnen den Rücken und schritt davon, bis der Schrei des Elends hinter ihm verhallt war.

Da eines Herbsttages, als schon der Duft des gefallenen Laubes durch das offene Tor der unteren großen Halle wehte, war ein Weib hier eingedrungen, als eben der Ritter in das Freie treten wollte. Sie war eine Witwe, tief verschuldet, und um Verschweigung zweier Rinder schwer gebüßt worden. Da sie unversehens ihm in den Weg trat, herrschte er sie an: »Was willst du? Geh mir aus dem Wege!«

Das Weib erschrak; sie vermochte nicht zu antworten, aber ihre Augenlider öffneten sich weit, als gebe sie dem zornigen Blick des Mannes ihre Seele preis. »Erbarmen!« lispelte sie kaum hörbar und warf sich auf die Fliesen nieder.

Der Ritter wollte an ihr vorüberschreiten, aber der Aufschrei einer Kinderstimme machte ihn stillestehen. Als er sich umblickte, sah er sein Kind; sie stand mit einem Fuß noch auf der letzten Stufe der aus dem Treppenturm herabführenden Stiege; die schmalen Händchen, die unter dem schwarzen Ärmelsaum des weißen Kleides hervorsahen, hingen schlaff herab; ihre dunklen Augen blickten erschreckt zu ihm hinüber.

»Du bist es, Dagmar?« sprach er; er hatte vielleicht in Jahresfrist kein Wort an sie verloren. Sie aber, da sie seine Stimme hörte, war an seinen Hals geflogen und drückte weinend den Kopf an seine Brust.

Der starke Mann bebte und frug mild: »Was willst du denn, mein Kind?«

Da sprach auch sie, doch ohne aufzusehen: »Erbarmen, Vater!«

Er aber hob die Faust gen Himmel und rief: »Fand ich Erbarmen? – Die Hände hab' ich im Gebet zerrungen! Gott schwieg, und so tu ich's auch.«

Da hob das kleine dunkle Haupt sich zu ihm auf, und aus den Kinderaugen drang so gramvoll süße Bitte, daß er verstummte und den zarten Leib, als müsse er ihn zermalmen, mit beiden Armen an sich preßte. »Mein Kind!... Du lebst!... Du lebst!« Und seine Augen tranken den Jugendglanz der ihren. »Oh, doch e i n Glück auf Erden – Gott sei mir gnädig!«

Das arme Weib lag noch auf ihren Knien und hatte wortlos diesem Vorgang zugeschaut; jetzt streckte eine Hand sich gegen sie. »Bist du noch hier, Weib?«

»Ja, Herr!« Und ihre Stimme bebte in Erwartung.

»So gehe heim! Die Buße, ich zahle sie für dich!« – Und noch einmal, da sie schon hinausgeschritten war, rief er sie an: »Was ist dein Name, Weib?« Und als sie es ihm gesagt hatte, sprach er: »So gehe heim, Trin Harders, und herze deine Kinder! Du sahest, unser Gott hat auch mit seinen armen Knechten wiederum Erbarmen.«

Dann hob er sein Töchterchen auf seine Arme und trug sie in sein Gemach. »Dagmar, mein Kind«, sprach er, indem er sie sanft zu Boden ließ, »es ist so hell hier heute, und scheint doch keine Sonne von dem grauen Himmel!«

– – So war nun Dagmar zwischen dem schweigsamen Vater und ihrer fast siebzigjährigen Base und sah nimmer ihresgleichen. Ihre Welt war die düstere Burg und, wenn Frühling und Sommer kamen, der Garten, der dahinter lag, wo außer ihr dann nichts war als das Summen der Bienen und Hummeln und drüben jenseit des tiefen Sandweges das Rufen der Drosseln aus dem Walde. Der Ritter hatte seit seines Weibes Tod ihn nimmer wieder betreten; denn seitwärts, vorbei an den Wipfeln des Waldes, schimmerte der graue Fleck des Pestackers. Dagmars Augen aber sahen gern dort hinüber, oder sie saß auf einer Bank, neben der die hohe Pappel ragte, und unter dem Summen und dem Gesang der Vögel sah sie wie einst den Bruder nach dem Sommervogel schießen.

Meist saß sie freilich droben bei der Base in dem Gemache mit den Butzenscheiben; sie nähte und stickte; auch lernte sie lateinische Vokabeln oder schrieb mit der Feder nach, was ihr die Base vorgeschrieben hatte. Dazwischen kam wohl einmal der Vater, strich sanft über ihr dunkles Haar und ging dann schweigend wieder fort. Als er ihr dabei eines Tages einen Silberreif ums Haupt gelegt hatte, trug sie ihn ferner an jedem Tag.

Später holte die alte Dame auch ihre Schriftrollen aus der Truhe; und eines Abends, eigner Jugendstunden denkend, griff sie nach Hartmanns von Aue »Armem Heinrich« und begann zu lesen, indessen Dagmar mit offenem Munde ihr zu Füßen saß. Wie kristallene Tröpflein fielen die lichten Worte zu ihr nieder: der junge unheilbar sieche Burgherr im Schwabenland hatte auf seinem Vorwerk bei dem Meier sich verborgen; die Menschen sollten nicht sein Elend schauen, aber mit seinen noch immer schönen Augen streifte er einmal traurig seines Wirtes junge Tochter. Da ließ das Herzeleid um ihren Herrn sie nimmer schlafen; und als an einem Tage ein weiser Meister zu dem Herrn sprach: »Ich will Euch heilen; aber schaffet eine Jungfrau, die um Euch den Tod erkieset und aus der Brust sich das lebendige Herz will schneiden lassen!« Da, während der Herr und ihre Eltern sich entsetzten, rief das Kind: »Die Jungfrau bin ich! Nehmet nur das Messer, daß mein Herr genese!«

Ein schwerer Seufzer rang sich aus Dagmars Brust; sie griff nach ihrer Base Hand, als müsse sie den Strom der Dichtung hemmen. Dann aber brach ein so erhabenes Leuchten aus des Kindes Augen, daß die Base die Schriftrolle hinwarf und sie mit Hast in ihre Arme zog: »Kind, Kind! Ich glaube fürwahr, du wärst zu solchem auch imstande!«

»Ja, Bas'! – War das die Minne?«

»O Kind, Gott behüt dich vor der Minne!« Und die Base packte erschreckt das Schriftwerk an die Seite.

– So war Dagmar fast sechzehn Jahr geworden, und noch immer war sie zarterern Leibes, als sonst die Menschen sind. Da sie eines Tages eine Handvoll weißer Anemonen dem Vater in einen Krug ordnete, sah er ihr zu wie einem Wunder: »Du bist wie deine Mutter«, sprach er dann; »mein Vater, als ich zuerst die Braut ihm zuführte, weigerte mir lächelnd seinen Segen; die sei der Elbinnen eine und würd' nicht bei mir bleiben!« Und als er das gesagt hatte, riß er heftig das Kind an seine Brust.

Einer, der sie noch selber sah, soll einst geäußert haben, ihr Körper sei gewesen, als habe ihre anima candida ihn selber sich geschaffen.

Flitterwochen, in denen die Jungfrau sanft zum Weibe reift, hatte es auf Dorning nicht gegeben; die gehörten dem Toren, der mit zerhauenem Schädel in der Grube lag. Statt dessen war die Leidenschaft des Weibes; doch nur in den Stunden der Minne war Frau Wulfhild ihrem Manne untertan; zu andrer Zeit war ihr eigner Wille schwer zu beugen. Wie kampfgerüstet ging sie schon in der ersten Wochen zwischen Gewappneten über alle Teile der Feste; dann schritt sie zu ihrem Eheherrn: »Traust du dem Atterdag? Ich nicht!« Und verlangte hier ein Tor oder Fallgitter, dort einen weiteren Graben.

In manchem tat er ihr den Willen, in anderm blieb er hart und sprach dagegen: »Meinem Vater ist's so recht gewesen! Nimm deine Kunkel und sorg für Kinderhemde!« Dann ward sie zornig, und es gab üble Worte; kam es, daß es auch ihm wie Funken aus den Augen sprühte, dann konnte sie sich jäh in seine Arme werfen: »Halt, Rolf! Du bist zu schön! Da hast du mich; ich will nichts mehr!«

Dann ward wohl Friede; aber dem Ritter wurde nicht warm in seiner Ehe; es schien, als sei die Freude ihm verlorengegangen.

– – Es war zu Nachmittage im Anfang Juni, und die Luft war lieblich; stundenlang waren Frau Wulfhild und ihr Ehegemahl durch ihr Gebiet geritten; aber für ihn war es kein leichter Ritt, denn ihre raschen Augen flogen weit umher, und unter ihrer gewölbten Stirn arbeitete es dabei von neuen Plänen: wo Wald war, wollte sie Ackerfeld, und wo das Feld zu dürre schien, da wollte sie Kiefern- oder Tannenwälder. »Wir müssen Schatten säen!« rief sie, da sie eben in einen Waldbezirk hineinritten. »Fühl nur, wie wohl das tut!« Der Pfad war so schmal, daß die Pferde nur einzeln schreiten konnten; sie ritt voran, der Schreiber Gaspard, den sie als Berater mitgenommen hatte, war der letzte. Das Klopfen der Spechte oder unsichtbar über ihnen der Schrei eines Raubvogels war außer dem Tritt der eignen Rosse alles, was sie hörten; und über Mann und Weib kamen die Gedanken, die nicht laut werden; aber ihre Wege gingen nicht zusammen.

Der Wald hörte auf, und sie ritten aus dem beklommenen Bodendunst wieder in das Freie. Am Westhimmel war schon ein sanftes Rot erglommen; das Geißblatt, das voll Blüten an den Wällen hing, erfüllte die Luft mit Wohlgeruch, daß sie wie in ein wollüstig

Meer von Duft hineinzogen. Rolf blickte nach seinem Weibe, das jetzt ein Stück zurückgeblieben war; dann wandte er wiederum den Kopf und sah ins Abendrot; da sprengte sie plötzlich an seine Seite und drängte ihren Schimmel hart an seinen Hengst; als aber Rolf die Schwere ihres Hauptes an seiner Brust fühlte, fuhr ein Sporenstich dem Hengste in die Weichen, daß er mit einem Satz zur Seite sprang. »Verzeih, Wulfhild!« rief der junge Reiter, indem er das Tier zusammendrückte, »der Hengst ist Menschenminne nicht gewohnt!« Das Weib ritt zu ihm und faßte mit ihrem kräftigen Arm um seine Hüfte, mir ihren funkelnden Augen nach den seinen suchend; vor ihm aber stieg die zierliche Gestalt eines böhmischen Schätzchens auf, deren Lippen er einst gestreift und das er kaum vergessen hatte, und grollend sprach er zu sich selber: Die du freitest, ist kein Weib zum Minnen; und wenn nicht dazu, wozu denn anders?

Hinter ihnen ritt schweigend Gaspard der Rabe; er sah mit seiner Schnabelnase schief zur Erden und spielte mit der Kugel seiner Mütze, als ob er an einer Schellenkappe läutete.

Die Pferde gingen jetzt ruhig, und wieder nordwärts lag ein Wald vor ihnen. Das Dunkel kam nicht nur von seinen Schatten; die Dämmerung war stark herabgesunken, und im Osten begann der Mond den letzten Tagschein zu besiegen. Da fuhr es vor ihnen von einer schwarzen Tanne mit einem Satz zu Boden, daß Rolf Lembeck sich jäh aus seinen Träumen aufhob. »Hallo! Was war das, Gaspard?« rief er und riß seine zierliche Armbrust von dem Rücken.

»Eine Wildkatz, Herr! Seht nur, am Stamme sitzt sie noch, der Breitschwanz, und faucht Euch mit ihren spitzen Zähnen an!«

»Ein edel und ein übel Wild!« sprach der Ritter leis und sprang von seinem Hengste. »Nimm ihn am Zügel, Gaspard!«

Frau Wulfhild griff nach seiner Hand: »Laß doch die Katze! Daheim ist besserer Zeitvertreib!«

Es trieb ihn dennoch fort: »Reitet nur heim!« rief er; »ich komme früh genug!« Damit entriß er seine Hand der ihren.

Als aber die Dame, rot vor Zorn, den Weg nach Dorning eingeschlagen hatte, sprengte Gaspard mit den beiden Rossen ihr zur

Seite: »Ereifert Euch nicht, edle Herrin! Die Wildkatz ist nächtens nicht zu jagen; lasset den Ritter daheim ein edler Wild im Lager finden!«

– – Sie ritten fort. Rolf Lembeck aber drang in den dunklen Wald, aus den Tannen kam er in den Buchenforst; er stand an jedem starken Baum und lugte nach allen Ästen, ob nicht die Lichter des Raubtieres irgendwo herunterfunkelten, aber über ihm war so schwere Waldnacht, daß nur wie Tropfen das Mondlicht hie und da hindurchfiel; zu hören war nichts als nur das Knicken des Unterholzes, das er durchschritt, auch wohl das Zirpen einer Eulenbrut. Er blieb stehen und warf die Armbrust wieder auf den Rücken: »Du warst ein Narr; hier ist kein Jagen in der Finsternis!« Seine Gedanken flogen heim zu seinem Weibe; doch er schüttelte den Kopf: »Nein, nein, Frau Wulfhild« – er sprach es laut in die einsame Nacht hinaus –, »eine Schlachtjungfrau wärst du wohl eher; und hat auch schon ein wundgehauener toter Mann an deinem Leib gehangen!«

Fast erschrak er über die eignen Worte, die die Stille um ihn her durchbrachen; aber er kehrte nicht um, er schritt weiter auf seinem nächtlichen Irregang. Da, von unweit vor ihm drang es an sein Ohr, so süß, als wollt es alle Sehnsucht wecken, die in ihm schlief. »O Nachtigall, selige Singerin!« rief er, seine Arme in das Dunkel streckend.

> »Schon flog der Mai
> Vorbei, vorbei,
> Und bracht nicht, was minnewert!
> Willst du sie künden,
> Soll ich sie finden,
> Die Fraue, die mein Herz begehrt?«

Bald stand er, bald ging er vorsichtig weiter, und immer nur dem Schalle nach. »Was hätt' ich bessere Führerin!« sprach er zu sich selber.

Der Wald ging zu Ende, und durch die Stämme sah er auf einen Sandweg, auf den der Mond seinen Schein herabwarf. Jenseit, in gleicher Helle, stieg eine jähe Hügelwand empor, und eine Zinnenmauer streckte sich auf ihr entlang. Rolf Lembeck betrachtete das genau; als aber seine Augen hinter Baumwipfeln den Oberteil eines runden Turms gewahrten, da wußte er, das sei die Gartenseite von Haderslevhuus, auf dem der Schloßhauptmann des Königs sitze.

Der Ritter schaute starr hinauf, als müsse er ein Wunder hier erwarten; aber nur der Nachthauch rührte dann und wann das Laub der Bäume, und in kurzen Pausen schlug am Waldesrand die Nachtigall. Doch wie ein jäher Schreck durchfuhr es ihn: dort oben zwischen den Zinnen lehnte jetzt ein Weib; nein, nicht ein Weib; ein Kind – er wußte nicht, ob eines, ob das andre. Den Arm mit einem weißen Mäntelchen verhüllt, neigte sie sich tief hinab; denn der Kehle der Nachtbeleberin entquollen jetzt jene langgehaltenen Töne: sehnsüchtig, nicht endenwollend, wie ein heißer Liebeskuß.

Rolf Lembeck stand unten im Waldesschatten, unbeweglich, mit verhaltenem Atem. »O Stunde, bist du da!« Seine Lippen flüsterten es nur; das sanfte Rauschen weiblicher Gewänder berührte von oben her sein Ohr; ein Atmen, mehr ein Seufzer, kam herab; und nun hob sich ein Antlitz, schmal und blaß, und legte sich auf das gestützte Händchen; das Mondlicht schimmerte auf einem Silberreife, der das dunkle Haar umfing.

Da befiel den Mann am Waldesrand die sehnende Schwere, die allein nicht mehr zu ertragen war; es drängte ihn hinaus ins Helle, und, die Arme ihr entgegenstreckend, rief er: »O Schöne, Selige! Gott woll' ein süßes Leben so süßem Geschöpfe geben!«

Sie erschrak und bog sich von der Mauer weg; doch dann besann sie sich: die Worte waren ja aus Meister Gottfrieds Tristan, nur daß sie in Frankreichs Zunge geschrieben waren! Sie hatte sie eines Tages gelesen; aber die Base hatte ihr voll Angst das Bucht entrissen; so etwas sei noch nicht für ihre Jugend! Nun kam der Reiz, zu zeigen, was sie wisse: »Das ist kein Landfahrer, der ist nicht zu fürchten!« sprach es in ihrem Innern; und als sie wieder sich erhob, erblickte sie drunten den schönen Jungherrn in blitzendem Gewande und sah das Mondlicht auf seinem goldenen Blondhaar spielen; denn er hatte sein Haupt entblößt und hielt die Kappe mit der Reiherfeder in einer seiner Hände, die er wie anbetend ihr entgegenstreckte. Da faßte sie Mut und rief ihm aus demselben Buche die Antwort: »Dé te bénie! Gott segne dich! Et merci, gentil Sir!« Aber ihre Stimme zitterte und wehte nur wie ein Hauch hernieder.

Gleichwohl, da er seine Kappe wie zum Gegendanke schwenkte, fügte sie zaghaft noch hinzu: »Seid Ihr ein Sänger, Herr?«

»Ein wenig, selig Fräulein!« rief er ihr entgegen. Aber eine Antwort kam nicht mehr herab, denn zu den Füßen des Kindes regte es sich und hob sich auf; vergebens mühte sie sich, den Kopf der ungestümen Dogge niederzuhalten, die schlafend dort gelegen hatte. Zwar neigte Dagmar sich und drückte den Mund an das rauhe Ohr des Tieres: »Still, Heudan, still! Darfst auch zur Nacht vor meiner Kammer schlafen!« Es wollt nicht verschlagen; die Dogge drängte die kleinen Hände fort, dann sprang sie mit den Vorderbeinen auf die Mauer, und ein hallendes Gebell scholl in den Weg hinunter.

Als der Hund sich wieder knurrend zu ihren Füßen gestreckt hatte, wagte auch Dagmar hinabzuschauen; aber es war nichts da, als nur der lautlose Mondschein und in Pausen noch der Schlag der Nachtigall. – Trunken, als habe ein Zauber ihn berührt, schritt Rolf Lembeck indes am Waldesrande seinem Hause zu.

Es war auch Dorning schon nach Mitternacht. In de hochbelegenen, aber geräumigen Kemenate lagen die Seidendecken von Arras noch unaufgeschlagen auf dem Ehebette; unweit desselben aber auf einem Tischchen war ein lecker Mahl gerichtet; vor zwei Plätzen – nicht sich gegenüber, sondern Seite an Seite – stand je ein silberner Pokal; ein Kränzlein früher Rosen hing an jedem und erfüllte das Gemach mit Duft. Doch die Speisen waren kalt und unberührt, der eine der schmalen Sessel leer; auf dem andern saß Frau Wulfhild wie ein steinern Bild, den Kopf auf ihren vollen Arm gestützt. Sie wußte nicht, wie lange sie so gesessen hatte; so ruhig der Leib schien, die Ungeduld des Wartens zehrte in ihrem Innern, und ihre Augen glühten dunkel über den heißen Wangen; wie sonder Gedanken hob sie eine Silberkanne und schenkte roten Wein in die Pokale, und mit der andern Hand sich müde in ihr Goldhaar greifend, nahm sie den ihren und rührte klirrend an den Rand des andern. »Komm! Komm, Rolf! Verschmäh nicht deine Rosen!« rief sie leise.

Sie war emporgesprungen, sie stieß ein Fenster auf und bog sich weit hinaus, in der hellen Nacht über die Wipfel der absteigenden Wälder schauend; aber kein Menschentritt, kein Wächterruf erscholl; nur der Nachthauch wehte ihr kühl entgegen und trug von unten aus dem linken Flügel einen Schall vorüber: ein Waffenklirren, ein Stampfen wie mit vollen Krügen, dazwischen heisere Männerstimmen und dann und wann das Lachen eines Knaben. Ein sechzehnjähriger Junker, Gehrt Bookwald, war am Morgen angelangt, um bei dem kaiserlichen Ritter »Reiterei und Gottesfurcht« zu lernen; der Lärm kam unten aus der Gesindestube. Frau Wulfhild lauschte: »Die Knechte bringen ihm den Willkomm!« sprach sie, und das blonde Antlitz des Knaben, der nun ihr Diener war, zog an ihr vorüber. Es schien wüst herzugehen drunten, und eine Stimme klang ihr gleich der des ersten Ehegemahles, wenn er unter Zechbrüdern in seiner Freude saß; sie schauderte, und das Knabenbild erlosch.

Allmählich ging der Tumult zu Ende; es wurde totenstill, ein Kauz nur schrie von einem Turm herunter. Plötzlich warf sie jäh das Fenster zu und sah sich wild im Zimmer um: das Haupt des Toten, dem sie hatte sterben helfen, hatte aus der Nacht sie angestarrt. Doch es war nicht hereingekommen; die Kerzen brannten hell und ruhig.

Und wieder saß sie unbeweglich, und die Qual vergebenen Harrens war nicht mehr zu tragen. Da gedachte sie eines Wundergürtels, den eine uralte Muhme ihr zum ersten Ehefeste mitgegeben hatte. »Es ist derselbe«, hatte sie gesagt, »den einst der Ritter an Ginevra gab; so du ihn umlegst, kommt dir nimmer ein Leid!« Aber die stolze Braut hatte derzeit Zaubermittel nicht vonnöten und warf den Gürtel achtlos von sich. Doch nun war andre Stunde, sie kniete bald vor dieser, bald vor jener Truhe und warf um des verschmähten Kleinods willen ihre Kostbarkeiten durcheinander; da endlich hielt sie den goldgewebten Gürtel in der Hand, und dort saß der Rubin, vor dessen Schein alles Ungemach verschwinden sollte. Sie legte ihn über ihr weißes Nachtgewand, und der schmiegte sich leicht um ihre Hüften; aber vergebens sah sie auf den milden Glanz des Steines; der mußte gegen andre Schmerzen sein.

Noch eine Weile trug sie es; dann, wie in Scham ob ihrer Schwäche, riß sie das Zauberstück vom Leibe und warf es von sich, daß der Stein heraussprang. Zornig zog sie das Gewand von ihrem schönen Leibe und bestieg das Ehebett, aber auch die Seidendecke wollte ihr keine Ruhe bringen. »Komm nun! Du sollst! Du sollst!« rief sie, als könne sie durch ihren Willen den Ehegemahl in ihre Arme zwingen. Aber er kam nicht; und das Bild des schönen Mannes, der doch ihr eigen war, peinigte sie wie ein Gespenst; und die Kerzen, die noch auf der Tafel brannten, wurden ihr unheimlich, als sei es zum Begräbnis.

Zitternd stieg sie von ihrem Lager und löschte alle bis auf eine; dann nahm sie ein Stundenglas vom Kamingesimse und stellte es in den kargen Schein. »Nichts andres will ich sehen!« sprach sie zu sich selber; »nur wie das Leben rinnt!« Und so lag sie gestützten Armes auf ihrem Kissen und blickte unablässig auf den rieselnden Sand; und war das letzte Korn hindurchgefallen, so stand sie langsam auf, das Glas zu wenden. Erst als im Dämmerscheine draußen der Wald erwachte und unter ihrem Fenster der Trupp der Arbeiter auf das Feld hinausging, war der schöne Leib in Schlaf versunken.

– Der Mann, um den sie solches litt, war längst auf einem Schleichweg in die Burg gekommen; keine Brücke hatte sich um ihn gehoben, kein Tor geöffnet; aber zu seinem Weibe zu gehen, hatte er nicht vermocht. Im äußersten Winkel des einen Flügels war eine fast leere Kammer, die er als Haussohn einstmals innehatte; dort auf einem harten Faulbett lag er unausgekleidet, den blonden Kopf auf beiden Händen; das Baumrauschen vor seinem Fenster hatte ihn selig eingewiegt.

Die Zeit war fast um eine Tagfrist weitergerückt; es war wieder Abend. Frau Wulfhild saß in ihrem Wohngemache, wo dunkel gemusterte Teppiche an den Wänden hingen; auch hier waren kleine Glasscheiben in den beiden Fenstern, und das Mondlicht, das hindurchfiel, mischte sich mit dem Schein der Kerze, die auf dem Tische stand. Das schöne Weib saß unbeweglich mit gestütztem Haupte. Da öffnete sich die Tür, und Gaspard der Rabe trat herein. »So kommst du endlich?« sprach sie und warf ihre müden Augen auf ihn.

»Wohl, Herrin.«

»Dein Kopf hat sich verrechnet«, sprach sie wieder. »Dein Herr schlief unter einem Dache mit mir; doch fern, in einer Bodenkammer; er hat das Edelwild verschmäht, das seiner wartete.«

»Ich weiß das, Herrin«, antwortete der Schreiber; »er hat das Raubtier nicht erjagen können; es wird ihm nur die Wildkatz vor seinen Augen noch gesprungen sein.«

»Laß deine Narreteidung!« sprach Frau Wulfhild finster. »Ich sagte dir einstmals, ich sei keine Henne; nun willst du mich gar reuen lassen, daß ich keine Wildkatz sei! – Ich fürchte wohl, hier ist ein ander Tier im Spiel!«

»Was sagt Ihr, Herrin?« und Gaspard richtete seine spitzen Ohren auf.

»Sieh meine Hand, Gaspard – und fühl sie auch!« rief Frau Wulfhild und legte ihre weiße Hand auf seine gelbe Wange. – »Nun, schauderst du noch nicht?«

»Nein, Fraue, lasset sie nur immer liegen!«

Aber sie nahm sie fort. »Dann«, sprach sie, »stößt nicht meine Hand ihn fort; dann ist es eine andre, die ihn zu sich zieht!«

»Sprecht weiter, Herrin! Mein Witz ist nicht so fein wie Frauensinn.«

»Du sahst doch«, sprach sie, »wie er gestern auf dem Weg mir seine Hand entriß! Es tat nicht sanft; aber vorhin in der Dämmerung, er wollte fort, der Wildkatz wegen, als ich nach seiner Hand griff –«

Sie war aufgestanden und ging mit starken Schritten durch das Zimmer. »Sieh her!« rief sie und streckte ihm ihre linke Hand entgegen: »Der Blutriß ist von seinem Ehering! Ich hatte, mein' ich, genug der Wunden aus meinem ersten Ehebund!« Sie warf den Kopf zurück und begann mit geschlossenen Fäusten wieder auf und ab zu schreiten.

Gaspard sah dem eine Weile zu; dann sprach er: »Und, Herrin, wie dien ich Euch?«

Da stand sie still und sah auf ihn herab; sie mußte erst der Frage nachsinnen. »Er wird auch heut nicht zu mir kommen«, sprach sie heimlich, doch ihre Stimme bebte vor Zorn; »er wird auf seine Bodenkammer schleichen und im Traum mit seinem Luftbild buhlen; aber du weißt es, Gaspard, der Mann, so stolz und wild er ist – er ist ein Kind; nimm ihm sein Spielzeug, und er vergißt es! Und du – du sollst mir die Puppe suchen helfen!«

Gaspard blickte schief zu Boden und zog mit einem leisen Pfiff den Atem durch die Zähne. Dann hob er langsam seine Schnabelnase und sprach mit scharfem Lächeln: »Kopf und Hände sind nur meiner Herrin!«

An demselben Abend, nur etwas früher, saß zu Haderslevhuus die alte Base in ihrem stillen Gemache; an einer Wand stand das schmale Bettchen Dagmars, an einer andern das der Dame mit dem großen Himmeldach; daneben hing ein Gefäß mit Weihwasser, darüber die geschnitzte Mutter Gottes; in einer Wandnische lagen handschriftliche Dichterwerke, an denen sie sich einstmals in der Jugend die Wangen heiß gelesen hatte. Sie selber saß an einem Tischchen vor dem Fenster mit den Butzenscheiben, durch das der Abendschein hereinfiel; ihr gegenüber Dagmar, und beide mit einer heiligen Arbeit in den Händen; denn bei der letzten Firmelung hatte der Bischof dem Reliquienschrank der Kirche zu Haderslev eine Anzahl Schädelknochen der zehntausend Jungfrauen zum Geschenk gemacht, und die Alte wie die Junge waren jetzt damit beschäftigt, sie mit rotem und weißem Samt und mit Goldstickereien zu überziehen.

Es war ganz still im Gemach; nur das Sticheln der Nadeln wurde hörbar und das eintönige Geräusch eines Dompfaffen, der in seinem Bauer innerhalb des Fensters unaufhaltsam auf und nieder hüpfte. Das junge Kind führte heute ihre Nadel nicht mit gewohnter Sicherheit, und die Blättchen hingen oft nicht richtig an den goldenen Ranken; sie schaute nach jedem zehnten Stiche hastig durch das Fenster, das nach Osten lag, aber der Mond war noch nicht da. Ihr Atem wurde kürzer; in ihrem Innern war heute eine fremde Kraft, die ihr die Nadel aus der Richte stieß.

Endlich legte sie Alte ihr besticktes Schädelstückchen auf den Tisch. »Fertig!« sagte sie. »Guck her, Dagmar! Ob wohl dieser Kopf im Leben solchen Schmuck getragen hat?«

Das Kind hatte nicht gehört: der Mond war eben über den Bäumen aufgegangen.

»Dagmar!« rief die Base. »Was ist dir? Du glühest ja wie Purpur!«

Mit verschleierten Augen sah das Mädchen auf die Alte. »Du hast wohl in deinen Truhen gekramt, Bas'«, erwiderte sie; »es ist so schwüler Duft hier; es hemmet mir die Luft!«

Aber die Alte hatte ihr die Stickerei aus der Hand genommen und wiegte jetzt den Kopf, indem sie sorglich darauf hinsah. »Ei, ja, Dagmarlein«, sagte sie, »du hast noch eine Kinderhand; aber doch nicht allemal so sehr! Ich sagt's dir schon: was wollten deine Finger bei dem Totenbein! Schelle nach der Grete, daß sie die Kerze bringt; der Tag ist aus, und der da draußen« – sie zeigte mit ihrem mageren Finger nach dem Mond –, »der leuchtet nur Verliebten, aber nicht Kindern und alten Frauen!«

Ein heißes Rot schoß über das jung Antlitz; aber die Alte gewahrte es nicht. »So schelle doch, Kind!« wiederholte sie; »du kannst dann deinen Silbergürtel weitersticken! Ist der erst fertig zu dem weißen Seidenkleide, da wirst du aussehen wie die heidnische Diana; es fehlt nur noch der Silbermond an deiner Stirn!«

Sie bog sich über den Tisch und streichelte die zarten Mädchenwangen. »Wart nur ein Jährlein, Dagmar! Da nimmt dein Vater dich mit hinaus, nach Wordingborg, nach Kopenhagen! Da kommen die jungen Erdensöhne und werden um einen Blick der keuschen Göttin werben; auch einer, wohl so schön als wie der junge Ritter Lembeck, der letzthin auf Dorning eingezogen ist?«

»Auf Dorning?« frug Dagmar achtlos. »Der Ritter Claus ist ja schon alt!«

»Ei Kind! Sein Sohn, sein ältester! Und mit einem schönen, stolzen Weibe; gar einer Schauenburgerin!«

»So? Einer Schauenburgerin?«

»Ei freilich; aber doch nur einer Witib – ein Pfirsich, dran schon ein andrer seine Lippen setzte!«

»Pfui, Bas'! Aber ich kenne sie ja gar nicht; was kümmern mich die fremden Menschen!«

Dagmar war schon mit der Schelle an die Tür gegangen, kehrte aber zurück, ohne sie geöffnet zu haben. »Nein, Bas'«, sagte sie mühsam; »mir ist das Herz bedrückt; ich muß hinaus, in die Luft!«

»Ei, Kind, es wird ja Nacht, und du weißt, der alte Joseph sagt, die Unholden schauen dann aus dem Boden!«

»Nur in den Garten, Base; da gibt es keine!«

Die Alte wurde unruhig; sie rückte an dem Kinntuch, das sie über ihr schwarzes Käppchen gebunden hatte. »Du weißt, sieh mich nur an!« sagte sie; »das dumme Kopfreißen; ich darf nicht in die Abendluft! Wenn dich was ankäme! Dein Vater ist in Wordingborg!«

»O Bas', ich nehme Heudan, die Dogge, mit!« rief Dagmar beklommen; »sie war auch gestern abend bei mir!«

Die Alte nickte: »Ja, ja, Dagmar, die Dogge, ja, das geht! Du zogst ihr neulich auch den Dorn aus ihrer Tatze, wie Androklus dem Löwen! Du kennst doch die Geschichte?«

Sie sah sich um; aber da war Dagmar schon hinausgeschlüpft, und die Glocke stand wieder auf dem Tische. »Ei ja«, sagte die Alte seufzend, »da läuft sie mit dem Hunde in die Nacht hinaus, und ich kann hier im Mondschein meine lieben Schatten zu mir laden; wir brauchen keine Lichter!«

Der Nachtschein fiel durch die kleinen Scheiben; und mitten im Gemache saß die alte Dame und sah mit geisterhaften Augen in die Dämmerung: nur mitunter eine leise Handbewegung, als sei es ein Willkommen.

– – Dagmar aber war hochaufatmend die Treppen hinabgeflogen; unten in dem großen Flur erhob sich die Dogge und sprang freudig ihr entgegen. »Heudan, mein Hund, komm, komm mit mir!« rief sie ängstlich, und das Tier drängte sich an die schmächtige Gestalt, daß sie dem Ungestüm kaum wehren konnte.

Sie schritten aus einem hinteren Tore durch einen weiten Hof, an dessen Ende ein Gelaß zur Absonderung bissiger oder neuer Hunde war; und Heudan sah verwundert zu dem Mädchen auf, als sie dort eingetreten waren. Dagmar aber schlug das Herz bis in den Hals hinauf, da sie eine der ledig hängenden Ketten faßte und das Halsband des Tieres daran befestigte. Es war nur Liebes von der jungen Hand gewohnt und leckte mit der roten Zunge nach ihr hin; da schlug sie die Arme um seinen rauhen Nacken: »O Heudan, ich bin treulos, aber – du, du bellst auch gar zu schreckbar!« Und eilig lief sie hinaus und schob den Riegel vor; dann ging sie durch eine Pforte in den Garten, durch Lindengänge und zwischen düsteren Taxusbüschen; da kam vom Hof ein Winseln, und einen Augenblick stand ihr der Atem still; aber sie drückte beide Hände vor die Ohren, und als sie auf den Platz hinaustrat, wo die Würzebeete waren und wo das volle Mondlicht ihr entgegenquoll, da hörte sie nur noch die Nachtigall, die drüben am Waldesrande schlug. Der Atem ging heftig durch ihre offenen Lippen; sie setzte sich auf die Bank und blickte vor sich auf den Wipfel der hohen Pappel, deren Blätter im Nachthauch sich bewegten. Doch aus den beklommenen Atemzügen wurden Worte: »Was wolltest du hier, Dagmar?« sprach sie leise. »Die Nachtigall?« – Sie horchte eine Weile, und der Vogel sang, als müsse er einen Preis ersingen – aber Dagmar schüttelte das Köpfchen, und ihre Lippen flüsterten, indem sie die Hände vor die Augen schlug: »O heilige Jungfrau, wenn du mir hold sein wolltest!«

Da rauschten neben ihr die dichten Pappelzweige; und ehe sie es fassen konnte, schwang ein Mann sich auf die Mauer und hinab in den Garten. Ein Schrei rang sich aus ihrem Munde, aber sie erstickte ihn; denn schon lag er ihr zu Füßen, jung und schön, und sah mit flehenden Augen zu ihr auf: »Seid milde, Fräulein! Oh, wie hold seid Ihr! Ich sah noch nimmer Euresgleichen!«

Sie sagte nichts; mit kindisch weit geöffneten Augen blickte sie ihn an, erschreckt und doch entzückt, als wollte sie die Worte ihm von den Lippen lesen. Doch das Winseln der Dogge scholl vom Hof herüber durch die Büsche, und des Ritters Hand fuhr jäh nach einem Jagdstahl, der an seinem Gürtel hing.

Aber sie schüttelte nur leise mit dem Köpfchen, da ließ er die halb gezogene Waffe wieder fallen. »Wer seid Ihr?« frug er. »Wollet Ihr mir's sagen?«

Und sie antwortete: »Ich bin Dagmar, des Hauses Tochter; und wer seid Ihr?«

Er erschrak und wollte schon eine Mär erzählen, wie er zu andern Zeiten wohl getan; doch da er in dieses Kinderantlitz blickte, so konnte er es nicht; er sagte nur: »Ich, süße Fraue, bin ein selig unseliger Mann, seitdem ich Euch gesehen habe!«

»Aber, Herre, das ist nicht rechte Antwort!«

Da hob er die Hände bittend zu ihr auf: »Verlanget nicht Weiteres; es wäre auf Nimmerwiederkehr!«

»So redet nicht!« rief sie hastig; aber ein Zug der Angst flog dennoch über das zarte Antlitz, und sie setzte bei: »Nur, um der Gottesmutter Leiden, schweigt nicht zu lang; es täte mir weg!« Und wie durch körperlichen Schmerz getrieben, drückte sie die Hand auf ihre linke Brust. Da er sorgenvoll mit den Augen folgte, sprach sie: »Ihr wisset, das große Sterben, als das ins Land kam... aber« – unterbrach sie sich – »wo waret Ihr denn damals?«

»In Paris«, sagte er leise, als wolle er den Laut ihrer Stimme nicht verlieren; »in Prag dann später, auch dort am Königshof.«

Sie sah ihm in sein schönes Antlitz, auf den gestickten Samtrock und wie die goldenen Knöpfe im Mondlicht blitzten. »So wisset Ihr nichts von uns – o herzliebe Mutter! Süße Schwester Heilwig!« rief sie; »o meine Brüder – alle sind gestorben!« Plötzlich ergriff sie seine Hand: »Kommt!« rief sie und zog ihn mit sich auf eine kleine Höhe, von wo man seitwärts bei dem Walde in das flache Land hinaussehen konnte. Er glaubte eine Niederung zu gewahren und einzelne Pfähle, durch dunstigen Nebel schimmernd, der dort umzog. »Dort!« sprach sie kaum hörbar und zeigte mit ausgestreckter Hand dahin.

Er schwieg: er wußte, das sei der Pestacker, wohin sie gewiesen hatten. – Ein Nachthauch kam und hob ihr dunkles Haar ein wenig von dem schmalen Antlitz und wehte das Gewand um ihren zarten Körper; ihm war auf einmal, als sei auch sie unhaltbar auf der Erde. »Wenn dort Eures Blutes einer ruht, so gönnet ihm die Ruhe!« sprach er zitternd.

Doch sie streckte die Arme aus und rief! »Mein Vater! Mein armer Vater! Wir werden nimmermehr vom Tode geheilet!«

»Das klang hart von Euren jungen Lippen«, sprach der Mann.

Da wandte sie ihr Haupt und sah den Schmerz in seinen Augen. »Ich wollte Euch nicht Leid tun!« sprach sie bittend; »nur sagen: von all dem Sterben habe auch ich mein Teil behalten!« – Und sie faßte wieder mit der Hand nach ihrem Herzen. »Des Königs Arzt, der spanische Jude, ich hörte ihn einst zur Base sagen, es sei zu groß, ich könnte einmal so hingehen; starkes Leid und Freude könnte ich nicht ertragen. Und die gute Bas', will sie mir liebtun, so sagt sie, ich hätte weiße Rosen auf den Wangen!«

Sie schwieg, und er antwortete ihr nicht; aber sie sahen sich in die Augen, und drunten aus der Tiefe schlug die Nachtigall. »Frühling!« sprach er leise und öffnete die Arme ihr entgegen. Da lag sie an seiner Brust, die Augen geschlossen, die Hände um seinen Hals gestrickt; und für die Worte, welche ihnen fehlten, sang die Nachtigall, als müsse ihr die Brust zerspringen – und nun ein Ton, lang ausatmend, ohne Ende. »Sie stirbt!« rief Dagmar, warf das Haupt zurück und schaute in des Mannes Augen. »Oh, kann man auch vor Liebe sterben?« – Er aber, in dem Törichttun der Minne, hob ihre leichte Last gegen den Silberschein des Mondes und küßte ihre Wangen: »O meine weißen Rosen! O heilige Jungfrau, beschütze mir mein ganz unfaßlich Glück!«

Da scholl vom Schlosse her das Klirren einer Pforte, und sie wandte sich jäh aus seinen Armen. »Scheiden!« rief sie schmerzlich; dann nahm sie seine Hand, doch nur für eines Atemzuges Dauer. »Nein, fort! – fort!« rief sie in Schrecken. »Oh, vergiß nicht mein; ich müßte sterben!«

Sie fühlte einen heißen Kuß auf ihrem Mund; dann rauschte es in den Pappelzweigen, und sie war allein. Sie stand, als wäre sie nicht lebend; ihre Wangen waren blaß, von ihren Lippen aber schimmerte es rot: das war die Minne, die dort des andern Paares harrte. »O Herzliebe, o sehnende Not!« seufzte das Kind und sank auf ihren Sitz. »Und wie heißt er denn nun? – Er? Er?« Und lächelnd antwortete sie sich: »Das weiß ich nicht – o heilige Jungfrau!«

Da kamen Schritte näher, und aus den Büschen sprach ein altes Stimmchen: »Nein, nicht dorthin; hier Grete, hier bei dem Taxus! O heilige Mutter Gottes!« Und die BASE IN IHREM Marderpelz, den Kopf mit einem dicken Tuch vermummt, trat mit der alten Grete in den Mondschein hinaus. »Kind, Kind, wo bleibst du!« rief sie. »Muß deine alte Base dich suchen gehen!«

»O Bas' es ist so schön hier!«

»Und« – die Alte sah sich um – »du bist ja ganz allein; wo ist der Hund, der Heudan?«

»Der Hund?« sprach Dagmar hastig. »Ist der nicht hier?«

»Ei, Kind, das mußt du ja doch selber wissen!«

»O Bas', du hättest die Nachtigall nur hören sollen!« Und wie gerufen drang der Vogelschall von Neuem aus der Tiefe, und das

Mondlicht glitzerte auf den Blättern der Hülsen und den Nadeln des Taxus; von Düften schwamm es in der Luft. Einen Augenblick stand die Alte, das Ohr geneigt: »Ja, ja; du heil'ger Gott; das wäre ein Plätzchen für die Minne hier!« sprach sie murmelnd vor sich hin. »Vor Zeiten; ach, vor langen Zeiten!« Dann aber trieb sie zu rascher Rückkehr in das Haus, denn ein Abendwind hob sich und rauschte durch die Wipfel der Bäume.

Dagmar ging mit unhörbaren Schritten, da sie dem Gelaß vorbeikamen, worin sie Heudan, die Dogge, eingesperrt hatte. »Morgen, mein Hund«, sprach sie leise gegen die verriegelte Tür; »ich hol dich früh!« Aber der Hund schien zu schlafen; es blieb alles still.

Und bald lag sie in dem schmalen Bettchen in der Kemenate der Base; aus dem großen Himmelbette scholl das gleichmäßige Atmen einer ruhig Schlafenden; von dem jungfräulichen Lager hob sich in dem zweifelhaften Mondlicht noch ein blasses Köpfchen, das schwarze Haar in ein weißes Seidennetz gehüllt. »O Mutter der Gnaden«, flüsterte das Kind, »ich habe sie beide belogen, Heudan erst, den Hund, und dann die gute Base! Ach, Heilige, aber wenn man erst so alt ist! Sie verständen das doch beide nicht!« Dann legte sie die Hände über die junge Brust, und sanft wie eine Wolke kam der Schlaf.

– Rolf Lembeck wanderte indessen mit langsamen Schritten heimwärts; er wußte wohl, auf Dorning erwartete ihn auch ein schönes Weib, und sie war sein mit allen ihren Wonnen; aber ihn überfiel es, als fürchte er die starken Weiberarme, und ging den Weg hinab wie in ein Tal des Todes.

Durch alle Gefahren aber fand die Minne ihren Weg. Rolf, der Leichtlebende, wie das schuld- und truglose Kind, sie waren beide plötzlich klug geworden und reich an Plänen und an Listen; denn Minne schärfte ihre Sinne und gab ihnen zum Schild die träumerische Vorsicht. Und alles fügte sich, als ob es helfen sollte: die Base hatte bei dem Nachtgang ihren Fluß im Kopf verschlimmert; den Schloßhauptmann hielt der König noch in Wordingborg. Rolf Lembeck zwar erkaufte sich bei seinem Weibe nur durch erzwungene Zärtlichkeit die flüchtigen Stunden seines echten Minneglückes; und mitunter, wenn er sie umfangen wollte, setzte sie ihre schöne Faust gegen seine Brust und sah ihm prüfend in die Augen, ob seine Seele auch dabei sei; und so geschah es unterweilen, daß sie plötzlich seine Arme von sich warf und schweigend aus der Tür schritt. – Und als zu Haderslevhuus der Schloßhauptmann aus Wordingborg heimkam, da trug ihm wohl die Tochter ein schweres Herz entgegen, und als er ihr die Wangen strich und frug: »Was ist mit meiner Dagmar?«, da schüttelte sie nur den Kopf und sah zu Boden und nicht wie früher in das geliebte und gefurchte Antlitz über ihr; und zu sich selber sprach sie: »O brennend Leid! Wem soll ich reden, wem soll ich schweigen?« Doch es ward nicht laut; sie schwieg nur für den fremden Mann, und ein Weh durchflog sie wie einstmals in der Pestzeit, als sei sie nicht mehr ihres Vaters Kind; doch war es heute nicht ihres Vaters Schuld.

So schien die Heimlichkeit geborgen; aber ein Durchblick von eines Sandkorns Umfang konnte sie verraten. Schon mehrmals hatte Frau Wulfhild ihren Schreiber angehalten: »Nun, Gaspard, wo bleibt die Puppe?« Und er hatte geantwortet: »Verzeihet, Frauenwünsche sind schneller noch als Mannesarbeit!« Gleichwohl trug er schon etwas in seinen Sinnen; nur wollte er es unreif nicht herausgeben. Er hatte auch einmal vom Wege aus des Schloßhauptmanns Tochter über die Gartenmauer lehnen sehen; und auch zu ihm hatte die Dogge, die mit den Vordertatzen zwischen den Zinnen stand, das gewaltige Gebell hinabgesandt. »Hm, ein Kind noch!« hatte er bei sich gemurmelt; »ein Kind mit einem Hunde! Und doch – auch bald nicht mehr; wer weiß?«

Und eines Morgens sprach er zu dem Ritter: »Wisset, Herr, drunten in Haderslev hat ein junger Schmied, der eben aus dem Reich gekommen ist, ein neues Schießwerk heimgebracht; es ist ein eisern

Rohr und wird mit einem Pulver draus geschossen! So's Euch gefällt, wir könnten einmal hinüberreiten!«

»Heiliger Hubertus!« rief Herr Rolf; »kümmert Gaspard der Rabe
sich auch um Schießzeug?«

Der Schreiber warf von unten seine scharfen Blicke auf den Fra-
ger: »Wenn ich nur treffen könnte!« sagte er.

Da lachte Rolf Lembeck: »So komm! Ich kenne die Feuerröhre
schon von Prag; wer weiß, ob nicht dein Treffer drin sitzt!«

»Vielleicht«, erwiderte Gaspard, und da der andre nach dem
Reitstall schritt, sah er ihm nach, als sähe er auf seine Beute.

In kurzem ritten sie nach Haderslev. Es war zu Ende Juni; Rolf
hatte sein Mäntelchen schon auf des Rappen Hals gelegt, denn die
Sonne brannte; Gaspard warf die Gugelkappe in den Nacken. So
ritten sie in dem goldnen Staub der Heerstraße durch das Kirchdorf
Hammelef; die Bauernkinder lagen im Sande vor den Hütten und
wiesen mit den Fingern auf den schmucken Reiter. Von da führte
der Weg durch den Wald, und die Rosse traten vorsichtig zwischen
die Eichen- und Buchenwurzeln. Der Ritter blies den Atem von sich:
»Ah, Gaspard, das ging schier ums Gesottenwerden!«

Der Schreiber nickte nur; er hatte Gedankenarbeit. Der Wald hörte auf, und wieder kam der Sonnenbrand; nach einer Weile ein Hügel mit hohen Bäumen, an dem zur Linken sich eine andre Holzung
hinzog; oben aus den Wipfeln sah die Krönung eines stumpfen
Turmes. Wie eine Gabel teilte sich der Weg nach rechts und links;
und Gaspard, als ob es sich von selbst verstehe, spornte seinen
Fuchs zur Linken in den Waldweg, er wollte an der Gartenwand
vorüber, um dort des Ritters Mienen und Gebaren zu erforschen;
doch da er umblickte, sah er sich allein; der Ritter war schon nach
Osten auf dem Wege durch die freie Landschaft.

Gaspard wandte sein Pferd und ritt bald wieder neben ihm. »Ei,
Herr«, sprach er, »was meidet Ihr den Schatten und reitet den weiteren Weg hier in der Sonnenglut?«

Der Ritter sah lachend von seinem Hengst auf ihn herab: »Ich
wußte nicht, Gaspard, daß du die Sonne fürchtetest!«

»Ich bin kein Ritter, Herr«, sprach Gaspard und zog sich seine Gugelkappe in die Stirn. »Ist in dem Schlosse droben etwas, das Euer Auge haßt?«

»Meinst du«, erwiderte Rolf Lembeck fröhlich, »daß man nur meidet, was man haßt?« Doch, als besänne er sich plötzlich, fügte er hinzu: »Wohl seh ich lieber das freie Land hier als auf des Dänenkönigs Burgen; mir ist, er spinne wieder Unheil!« Der Zusatz kam zu spät, denn als er auf den Schreiber blickte, sah er dessen Kopf sich seitwärts drehen und mit der Nase nach der Erde fahren, daß ihm der Kappenzipfel um die Schulter schwenkte. »Holla, Rabe!« rief er. »Wonach trachtest du?«

»Ihr wisset, Herr«, entgegnete der Braune, »ich sehe bisweilen Dinge, die nicht da sind.«

»Und was Beute sahst du denn dorten auf dem Sande?«

»So Ihr es wissen wollet – nur eines Fädleins Ende! Ich dachte töricht, es sei schier mitzunehmen; doch – Ihr habt recht, warum sollen wir die Königsburg betrachten!«

»Ei, Gaspard«, rief der Ritter, »wozu der Faden! Hier ist kein griechisch Labyrinth!« Doch plötzlich überkam es ihn, als stehe er mit Dagmar vor aller Welt auf offenem Markt, und aus dem Haufen glühten seines Weibes Augen auf das arme Kind.

Gaspard blinzelte mit verkniffenem Lachen auf den jungen Herrn und ließ dann seinen Fuchs nach hinten gehen. So ritten sie, jeder in eignen Gedanken, in die Stadt.

– Was mit dem Feuerrohr geworden, vermag ich nicht zu sagen; aber ein andres. In Holstein, in einer engen Gruft, mußten die Würmer sich durch einen Sarg gefressen und von dem gemunkelt haben, was sie in dem toten Manne gefunden hatten, der, als er oben ging, Hans Pogwisch hieß.

Am Nachmittage, da Rolf Lembeck mit dem Schreiber das Haus des Schmiedes verlassen hatte, saß in der Gaststube des »Schwarzen Stiers« zu Haderslev ein wüster Holstenkerl; er wollte zu König Waldemar, der wieder einmal Kriegsleute sammelte; ein paar Gesellen, die ihm nicht ungleich sahen, hielten ihn trunkfrei, denn er war ebenso maulfertig im Trinken wie im Reden. »Ihr habt das Weibsstück nun nahebei!« rief er; »die macht nicht viel Federlesens, und schmuck ist sie, daß sie den Teufel verführen könnte!« Er stützte den schweren Kopf in seine Hand und streckte die andre breithin auf den Tisch: »Die Königlichen hatten ihr den Mann, der seinem Weib die ganze Ehefröhlichkeit verdorben hatte, zu ihrer Freude so verhauen, daß schon der Gottseibeiuns am Bettrande saß, um mit der Seele abzufahren. Aber – das wissen wir selber! Unkraut und Disteln vergehen nicht so leicht; und eines Tages wurde seine Nasse wieder rot und kreuzfidel!«

Der Kerl lachte und nahm sein Glas: »Ein Satansweib! Möge der Teufel ihr weiterhelfen!« Und die Gläser der drei Halunken klirrten aneinander.

An einem andern Tische saß ein Herr, jung und im goldgestickten Rock; er war schon aufgesprungen und hatte die Hand am Schwertgriff, um die Kerle abzufuchteln; denn er wußte, es war sein Weib, das ihre schmutzigen Mäuler schändeten. Aber er setzte sich schweigend wieder: er mußte hören; das war besserer Gewinn.

Und mit heimlicherer Stimme begann auch schon wieder der Bettelgast am andern Tische; aber er hatte sich zuvor noch erst sein Stück gelacht: »Der wunde Ritter, ich sagt's euch schon, hub an, seine Fäuste wiederum zu fühlen; da« – und der Kerl stieß mit seinem Becher auf den Tisch – »da hatte sie auf einmal Ratten zu vergiften! – Ich glaub, es ist auch wohl eine Ratte mit krepiert; aber es glückte wunderbar: am andern Morgen war sie eine frohe Witwe!«

»Mordbrand!« rief einer von den andern. »Gar eine Ritterfrau und hier? Wie heißt sie denn?«

Aber der Kerl wischte sich den Mund und hob mit trunkener Feierlichkeit die flache Hand: »Das bleibt bei mir! Ich bin von ihrem Hof; ein Hundsfott, der seinen Herrn verrät! Möchte nur der Folgmann des armen Vorwirts nicht geworden sein!«

Er leerte sein neu gefülltes Glas und stand taumelnd auf; als er an Rolf Lembeck vorüberkam, sah er ihn mit verglasten Augen an und strebte taumelnd nach der Tür.

Gleichzeitig war Gaspard in das Gemach getreten, der auf Einkauf für seine Herrin in die Stadt gewesen war, und Rolf drängte zur Heimfahrt. Auf dem Rückweg ließ er den Schreiber vor sich herreiten: er wollte weder seine noch eines andern Menschen Rede hören; ihm war's, als wenn das Hirn ihn friere und gössen Eisstrahlen sich hinab durch seinen Rücken! Nicht seines Weibes dachte er zunächst; nein, Dagmars; und daß zu ihr ein furchtbarer Rettungsweg sich aufgetan.

Als er zu Dorning ins Gemach trat, kam Frau Wulfhild mit ausgestreckten Armen ihm entgegen; aber er griff sie an beiden Handgelenken und hielt sie von sich; mit entsetzten Augen sah er auf ihr Antlitz.

Sie erschrak. »Was ist dir?« rief sie auffahren; »bist du auch toll geworden?«

Da ließ er schweigend ihre Hände fahren und schritt in den Hof hinab. Das Weib aber stand plötzlich ohne Regung: »Was war das?« stammelte sie kaum hörbar.

Nach einigen Tagen stand der Schreiber in Frau Wulfhilds Kemenate.

»Hast du die Puppe?« frug sie hastig.

Er wiegte seinen kleinen Kopf: »Ich habe sie und habe sie auch nicht.«

»Das heißt?«

»Ich wette, es ist das Fräulein von des Königs Burg.«

»Des Schloßhauptmanns Tochter? – Ein Kind!«

Er spreizte seine Finger: »Erlaubt, das pflegt sich beim ersten Kuß zu wandeln; und überdies – das Neue ist ein Dämon!«

Sie war vom Sessel aufgesprungen und schritt mit funkelnden Augen auf und ab; ihre Finger griffen in ihr Sacktuch, als sei's ein lebend Wesen, das sie würgen müsse.

»Das Spielzeug könnt Ihr nicht nehmen«, sagte Gaspard wieder; »doch wenn das Spielzeug nicht vom Kinde kann, so muß das Kind vom Spielzeug!«

»Was heißt das? Rede deutlich!«

»Sind hier die Wände sicher?«

»Das weißt du selber«, erwiderte Frau Wulfhild und warf sich in den Sessel. »Nun rede!«

Und Gaspard setzte sich zu ihren Füßen auf den Schemel, den sie ihm gewiesen hatte. »Ihr habet, edle Herrin«, begann er leise, mit Fingerspiel sein Wort begleitend, »meine Maulwurfsarbeit nicht gesehen, aber ich habe sie getan. So leiht mir nun ein hörend Ohr! – Die unruhigen Herren in Holstein spinnen einmal wieder etwas gegen den König Atterdag« – er sah sich um; dann fuhr er fort: »Sie hatten Euren Schwäher auch zum Rat berufen; Ihr wisset, der gewaltige Herr hat etwas von der Fledermaus: beim Wolfe heut und morgen bei den Falken; und so wollten sie seiner diesmal sicher werden. Aber er bauet die Burg dort auf der Insel und kann nicht fort von dem wilden Bauvolk«, Gaspard senkte seine Nase: »Wollet nicht fragen, wie ich das erfahren habe; aber ich suchte einen klugen Boten und schrieb an Herrn Claus Lembeck, daß bei Euch ein treuer Mann entbehrlich sei, wenn anders Treue im nächsten Blute liege; ich schrieb auch, es kommen Eurem Wunsch entgegen, des Ehegemahls auf eine Weile zu entraten.«

»Mich will bedünken«, rief das Weib, »du bist noch eigenwilliger als klug! Und Claus Lembeck« – setzte sie hinzu –, »wie lautet seine Antwort?«

Der Schreiber nestelte an seinem Rock und reichte ihr zwei Papiere. »Solange«, sprach er, »der alte Ritter nicht des Königs ist, sind die Wünsche der Schauenburgerin ihm Befehl! Hier ist ein Brief für Euch, und nebenbei, wenn Ihr sie wollet, die Berufung für Herrn Rolf Lembeck!«

Die Frau griff nach den Briefen und las sie. »Du nimmst mir den Gemahl und sollst ihn mir doch wahren!« sprach sie seufzend.

»So lasset mich schreiben, daß Ihr ihn nicht missen könnt!«

Da war sie aufgestanden; den Kopf emporgeworfen, die eine Hand an ihren Lippen, stand sie da wie in die Weite schauend; dann reichte sie dem Schreiber ihre andre Hand: »Mein weiser Rabe! Ich bin zufrieden, schick mir deinen Boten; ich werde an Claus Lembeck schreiben, Rolf wird diesem Vater nicht zuwiderhandeln.«

»Ich wußte es, Herrin; Ihr seid nicht wie die andern.« Er küßte ihr Gewand; dann wurde er entlassen.

– – Am Abend dieses Tages schritt Rolf Lembeck nach der Gartenmauer zu Haderslevhuus, und Gaspard der Rabe schlich unmerklich hinterdrein; er wollte nähere Bestätigung für einen neuen Anschlag, den er im Kopfe trug.

Spärlicher Nachtschein zitterte durch die Buchenkronen; nur wenn der Ritter durch eine Lichtung ging, huschten wie blaue Funken die Johanniskäfer um ihn her, und die Nacht war lau und still. Sein Weib hatte nicht versucht, ihn zu halten; dennoch ging er langsam und in schwerem Sinnen, und er hörte nicht auf den Schritt, der in den seinen trat. Nicht nur was er im »Schwarzen Stier« erfahren hatte, ein andres noch war ihm gekommen! Ein Wort, das es als Knabe von seinem Vater vernommen hatte. Ein Graf von Orlamünde hatte derzeit von seinem Weibe wollen, um eine Schönere zu freien; aber kein Laie hatte zwischen den beiden Eheleuten den gemeinsamen Blutstropfen finden können, der fähig war, den Bund zu lösen. Da machte der Graf ein gut Teil seiner Habe zu Gold und zog nach Rom; und bald auch kam er mit heiterem Antlitz heim: zwar ohne Gold, aber mit dem Pergament des Heiligen Vaters in der Tasche, das wegen zu nahen Blutes die Ehe aufhob. »Beim heiligen Bart«, hatte Claus Lembeck da gerufen, »der Teufel konnte es nicht; der Papst hat es herausgefunden!«

Der Knabe Rolf hatte das Wort gehört und nicht geachtet; jetzt kam es aus der Tiefe, wo das Gedächtnis die Schätze für die Zukunft hütet. »Und wenn dem Orlamünder, warum nicht mir?« rief es in ihm. »War meiner Großmuhme Gemahl doch ein Vetter von den Schauenburgern!« Dann dachte er des andern: »Wenn ich es brauchen müßte, das bricht die Kette!« rief er laut, und mit kräftigeren Schritten ging er weiter.

Der Rabe Gaspard war auf seinen Fersen; und als nach einer Weile der Ritter sich droben aus den dichten Zweigen in die zarten Arme schwang, da war der Laurer an dem Waldrand u sah, was keines Menschen Auge hätte sehen sollen. Denn in dem Ritter war alle ungestüme Liebesnot und Hoffnung aufgesprüht; »Rolf, Rolf! Du tötest mich!« rief Dagmar, als er sie in seine Arme preßte.

Da ließ er sie plötzlich und starrte über die Mauer in den Grund hinab. »Hörtest du es, Dagmar? Da drunten lachte was!«

Sie aber wandte das süßeste Antlitz zu ihm: »Fürchtest du dich, Rolf?«

»Ja – Dagmar; wer dich im Arm hält, muß sich fürchten!«

»Doch nicht vor Ringeltauben! Ich hörte es auch, es kam dort aus der Bucht.«

Er warf noch einen Blick hinab, dann zog er sie auf die Bank, wo vom Weg herauf kein Auge sie erreichen konnte. Die Nachtigall hatte ausgesungen; fast keines Atemzuges Regung war in der Nacht; wie müde legte Dagmar den feinen Nacken auf seinen Arm, und ihre dunklen Augen wollten nichts als ihn. Dämmerung war es, denn der Mond war rund und wieder schmal geworden und stand mit seiner Sichel über den Bäumen in Südost. Rolf Lembeck sah grübelnd in die Nacht hinaus.

»Nimm! So nimm doch, liebster Mann!« hauchte das Kind und bot ihm ihre roten Lippen.

Aber er drückte wie in Angst ihren Kopf an seine Brust: »Nicht mehr, o Süße, Selige!«

Da lachte sie und riß das dunkle Köpfchen wieder gegen ihn auf: »Um was? So nimm doch, was dein ist!«

Aber der Mann stöhnte, in Wonne halb und halb in Schmerz: »O Dagmar, ein Feuer ist die Minne; es soll dich nicht verbrennen!«

Sie verstand ihn nicht; sie frug auch nicht, nur als seine Lippen jetzt flüchtig ihre Stirn berührten, klagte sie: »Das ist ja nicht der Weg zum Herzen! Zürnst du? Was hab' ich dir getan?«

»Du, Dagmar?« rief er, und seine Augen leuchteten wie blaue Sterne, »du fülltest mir das Herz mit Wonne; soll ich Todesnot in deines bringen? Hör mich an, du Schöne, Unirdische! Mir ist es oft ein Wunder, daß meine Hände dich berühren können; mir ist, als seiest du mein holder Schattengeist, von dem die alten Mären sagen, zwischen Lilien aus dem Mondscheinsee zu mir emporgestiegen; mir träumt zu Nacht, daß Flügel an deinen zarten Schultern sprießen, daß du mich fortträgst, weit aus dem Wirrsal meines jungen Lebens!«

»O nein, nicht so, nicht so!« Flehend bat sie ihn, und ihre Hände legten sich auf seinen Mund; »du täuschest dich; ich bin nur ein Erdenkind, o Rolf, die sterben vom Hauch der Luft! Ich weiß es!«

Anbetend sah der Mann sie an.

Da glitt sie ihm zu Füßen, ein gespenstischer Glanz brach aus ihren Augen. »O Liebster, kein Leben, kein Sterben ohne dich!«

Er zog sie sanft zu sich herauf: »Erst leben, Dagmar! Wir zusammen – möchtest du das nicht?«

Sie nickte nur; aber der Atem stand ihr still, als ob sie Wunder hören solle.

»So muß ich dich um Urlaub bitten!«

»Urlaub?« rief sie erschreckt. »Du willst fort?«

»Nur auf zehn Tage, Dagmar! Am Abend nach Mariä Heimsuchung bin ich wieder bei dir!«

»Zehn Tage! – Oh, das ist lange!«

Er strich ihr liebkosend das lose Haar unter ihren Silberreif: »Ja, Dagmar, lange! Aber ich muß zu meinem Vater!«

Sie blickte ihn plötzlich wie verwundert an: »Hast du auch einen Vater?« frug sie zaghaft.

»Hast du doch einen, Liebste!« sprach er. »Und meiner soll uns helfen, daß ich mit ihm durchs Schloßtor zu dem deinen trete und dich zum Ehegemahl begehre!«

Ein selig Lächeln überflog das Angesicht des Kindes: »O Rolf, welch ein Glück!«

Es fiel ein Regentropfen, ein langer Donner rollte über ihnen. »Gott hat's gehört!« sprach er.

»Sag noch einmal«, bat sie, »wann kommst du wieder?«

Er neigte sich und flüsterte es noch einmal in ihr Ohr.

»Gewiß?«

»Glaubst du, ich könnte den Weg vergessen?«

»Nein, nein!« – Sie waren aufgestanden, Dagmar hing an seinem Halse; aber die Donner rollten stärker, und die Blitze flammten, vom Turme herab scholl das Wächterhorn. Noch einen Kuß, noch einmal, als wie auf ewig, Brust an Brust; dann war nichts als Nacht und Wetterschein auf diesem Platze.

– – Bevor Rolf Lembeck sein Haus erreichte, war Gaspard heimgekommen, und Bericht und Anschlag waren zwischen der Herrin und ihrem Diener schon zu Ende; als der Ritter in das eheliche Gemach trat, lag Frau Wulfhild wie schlummernd auf ihrem Lager. Doch obschon sie in voller Weibesschöne dalag, ihres Mannes Augen sahen an ihr vorüber, und seine Hand griff nur nach einem Schreiben, das auf einem Tischchen lag, auf dem er seines Vaters Hand erkannt hatte. Als er es hastig aufgerissen, flog es wie Schrecken halb und halb wie Staunen über des Weibes Antlitz, und ihre Augensterne blinzelten heimlich durch die Lider, denn Rolf Lembeck hatte zufrieden vor sich hingenickt. Dann streckte er sich ruhig auf sein Lager.

Einige Tage nachdem der junge Ritter seine Fahrt nach Borgsum auf der Insel angetreten hatte, saß Frau Wulfhild in ihrem Gemache. Allerlei Schriften lagen vor ihr auf dem Tische; aber ihre Gedanken schienen nicht bei solcher Arbeit; ihr seiden Blondhaar hatte sie rückwärts über die Schulter geworfen, und es glänzte wie Gold gegen das dunkle Muster der Teppiche, die an den Wänden hingen. Inmitten der schönen Stirn des Weibes war eine Falte, die immer tiefer zu werden schien; sie drängte die Augen aneinander, als könne sie sicherer so das eine Ziel verfolgen, das vor ihren Sinnen stand.

Da wurde die schwere Tür aufgestoßen. Sie fuhr empor: »Wer ist da?«

»Der Herr Schloßhauptmann von Haderslevhuus!« erwiderte der junge Bookwald, der hereingetreten war. »Ihr, Herrin, hättet seinen Besuch erbeten.«

»Er ist willkommen! – Doch warte noch, Gehrt! Rück erst den Sessel hier zum Tische! Sie hatte sich in ihrer ganzen stattlichen Gestalt erhoben und begann im Gemache auf und ab zu schreiten, während der Knabe das Aufgetragene besorgte und sich dann entfernte.

Nach einigen Augenblicken war ein grauhaariger Mann in dunkler Tracht und von gewaltigem Körperbau hereingetreten. »Euer Gemahl, edle Frau«, sprach er, nachdem die Grüße gewechselt waren, »scheint nicht daheim zu sein; Ihr selbst wünschtet mich!«

»Mein Gemahl, Herr Schloßhauptmann«, erwiderte Frau Wulfhild, »würde zu Euch gekommen sein; Ihr müßt diesmal Euch an mir genügen lassen!«

»Wolltet mich nicht beschämen, edle Frau! Ich kam, um Euch zu hören!«

Sie setzte sich und lud ihn mit der Hand zum Niedersitzen; eine kurze Weile lagen ihre Augen auf seinem Antlitz, das er geduldig ihr entgegenhielt. »Mit Claus Lembeck«, hub sie an, »saß hier ein dänisch Weib; ich bin aus dem Geschlecht der Schauenburger; wir beide sind Landsleute –«

Er unterbrach sie: »Ein Schleswiger bin ich und jetzt des Königs Mann!«

»Ich weiß es, Ritter; Ihr waret auf Fünen in der Schar, von der mein seliger Gemahl von seinem Hengst gehauen wurde!«

»Er war mein Feind derzeit; ich aber habe ihn nicht gefällt«, erwiderte er ruhig.

Sie schwieg einen Augenblick. »Mag sein! Ich habe den Schaden ausgeheilet und bin itzt Herrin hier auf Dorning; wir sind Nachbarn, Ritter, und also...«

»Wollet Ihr mir etwa Nachbarrat erteilen?«

»Ei nun, wie Ihr es nehmen wollt!« und da er nickte: »Ihr wisset, hinter Eurem Garten, dort, wo es so jäh hinab zu Boden schießt, steht hart daran eine italische Pappel und streckt ihre Zweige an die Mauerzinnen, so dort den Garten abschließen. Man sagt, es soll dort fast achtzig Fuß in die Tiefe gehen! Was ich Euch sagen wollte... den Baum, Ihr müßt ihn fällen lassen!«

»Die Pappel?« rief der Schloßhauptmann. »Was wirret Euch, edle Frau! Die ist des Königs Liebling; sein Ahn Christoffer hat sie gepflanzt, da er Südjütland gegen Abels Söhne in Besitz genommen hatte!«

»So habet Ihr wohl keine Tauben oder sonstig edles Geflügel in der Feste«, fuhr sie achtlos fort, »und ist Euch desgleichen nicht zerrissen worden? Denn aus dem Wald genüber laufen Iltis oder Edelmarder an dem Baum hinauf und springen aus dessen Zweigen in den Garten!«

»Was wollet Ihr, edle Fraue«, sprach der Ritter; »ich verstehe Eure Rede nicht; ich hatte niemals kostbares Geflügel, und wäre solches mir zerrissen worden, ich würde darum doch nicht des Königs Baum versehren!«

Sie sah ihn an; aber da er ruhig mit der Hand auf seinem Schwerte dasaß, hob sie eine Glocke vom Tisch und schellte, und da der Knabe eintrat, bedeutete sie ihn: »Gaspard soll kommen!« Dann sah sie wieder auf ihren Gast und frug, als sei's nur, um die Minuten hinzubringen: »Ihr habt wohl schöne Frauen in der Feste?«

»Wie meint Ihr, edle Frau?«

»Nun, ich hörte auch nur so.«

Der Mund des ernsten Mannes lächelte fast: »Wer hat Euch so berichtet? Die Dienerinnen gehen alle an ein halb Jahrhundert, und unsre Base ist noch weit darüber. Ich hab' gelitten, Fraue; das Lachen der Jugend tut meinen Ohren weh!«

Die kräftigen Lippen des Weibes zuckten, als wisse sie doch besseren Bescheid in seinem Hause als er selber. Dann öffnete sich die Tür, und der braune Mann mit der Gugelkappe war leisen, aber sicheren Schrittes eingetreten und blieb nun an der Schwelle stehen.

»Wer ist der Mann?« frug der Ritter.

»Es ist mein Schreiber«, sprach sie; »er mag Euch selbst berichten, was er nachts gesehen hat, da ihn der Weg an Eurem Schloß vorüberführte.«

Der Schloßhauptmann wandte sich in seinem Sessel und blickte auf den Schreiber. »So sprich denn, Mann«, sagte er, »was du mir zu sagen hast!«

Gaspard der Rabe hatte von unten einen vorsichtigen Blick auf den finstern Herrn geworfen. »Ich weiß nicht eben«, begann er, »ob es Euch gefallen mag! Wenn man die Füße seiner Worte nicht mehr hört – wer weiß, ob sie Dank oder Undank holen!«

Auf des Gastes Stirne furchten sich die Zeichen der Ungeduld: »Lasset Euren Mann seine Rede tun, edle Frau, um die Ihr mich eingeladen habt; mir ist nicht Zeit für andre Weisheit!«

»Sprich ohne Umschweif, Gaspard!« rief Frau Wulfhild.

»Ja, Herr«, hub dieser an, »es war eine helle Nacht, vor kaum acht Tagen, da ich von Haderslev den Weg zwischen Eurem Garten und dem Buchenwald herunterkam; da stob aus dem Baumschatten ein Gewild – es mochte ein Marder oder Iltis sein – mir vor den Füßen quer über den Weg der großen Pappel zu, und ich hörte, wie es zwischen den Zweigen in dem Baum hinaufklomm. Ich stand – ich sah hinauf und dachte: Itzt wird's bald oben sein und auf den Mauerzinnen tanzen!«

»Nun – und?«

»Ja, Herre, es kam weder ein Marder noch ein Iltis!«

Der Schloßhauptmann fuhr auf: »So sitzt es wohl noch heute in dem Baum!«

»Das wäre möglich«, sagte Gaspard; »auch möglich, daß ein Zauberspiel dabei gewesen ist. Ihr höret wohl schon sagen: es springt ein Wolf, auch eine rote Maus uns in den Weg, und faßt man's mit dem rechten Wort, so hat man ein altes Weib oder gar einen jungen Knecht in seiner Hand!«

Der Ritter warf einen forschenden Blick auf den Sprecher: »Was soll das hier? Deine Nas' und Augen sind mir zu scharf für solche Kunkelweisheit!«

Aber in Gaspards Augen, die ihm begegneten, war kein Arg zu lesen. »Herr«, sagte er, »der eine spricht's, der andre widerspricht's; doch so viel haben meine Augen selbst gesehen: ein Marder war unten in den Baum gesprungen, und oben schwang sich ein junger Fant aus seinen Zweigen auf die Mauerzinne; ich sah die goldnen Knöpfe auf seinem Leibrock funkeln, und der Nachtschein des Mondes leuchtete auf ein goldblondes Haar.

Der Schloßhauptmann hatte sich vorgebeugt: »Und dann?«

»Dann sprang er in den Garten.«

In der Brust des alten Ritters erhob sich eine Stimme, die sprach: »Einer der Diener war es, der sich beim lustigen Trunk verspätet hatte; du mußt dein Hausrecht brauchen, und es soll nicht mehr geschehen!«

Er sprach das dann auch laut; doch Gaspard erwiderte: »Ich weiß nicht, Herr, ob Ihr so fein Gesinde haltet; auch schien der Fant seine Lust noch vor sich zu haben, und seine Glieder waren sicherer, als ich nach dem Trunk es sonst gesehen habe. Vor allem: hinter der Mauer war ein Weib; noch kaum ein Weib! Ein schmächtig unschuldig Ding; denn ihr Gewand war weiß, gar ungeschickt zu geheimem Minnetreiben; der Mond blitzte auf einem Silberreif, der ihr dunkel Haar zusammenhielt!«

»Und weiter? – Was sahst du weiter?« stieß der Ritter wie in Angst hervor.

»Ich sah nichts weiter, Herr.«

Das Weib hielt den schönen Kopf in ihre Hand gestützt und sah des Ritters Antlitz sich unter seinem grauen Bart mit Todesfarbe decken. Da winkte sie dem Schreiber, und er verließ das Zimmer. »Nun, Herr Schloßhauptmann«, sprach sie leise; »werdet Ihr den Baum des Königs fällen lassen?«

Er wandte den Kopf, aber aus seinen Augen waren die Gedanken nach anderswo entflohen; er frug: »Was spracht Ihr, edle Frau?«

Und als sie ihre Worte noch einmal gesprochen hatte, frug er weiter: »Wißt Ihr von diesem Abenteuer mehr zu melden, als ich eben hörte?«

Doch sie erwiderte: »Nein, Herr; Ihr müsset nun so zufrieden sein!«

Er warf seine düsteren Augen auf sie und sprach zu sich selber: »Was will das Weib? Denn nicht deinetwegen hat sie dich geladen; sie weiß, um wen die Pappel fallen soll!« Laut aber sprach er und richtete in seiner mächtigen Gestalt sich auf: »Ihr drücktet ein Beil in meine Hand! Gott mög mir raten; und mög er auch bei Euch sein, edle Frau!«

Er hatte sich gewandt und war aus dem Gemach geschritten. Unten im Hofe führte ein Knecht sein Roß umher; er rief ihn und schwang sich in den Sattel; dann suchte das Tier durch Wald und Felder sich selber seinen Weg. Ob hoch am Himmel die Lerchen sangen, ob Falken und Elstern um ihn schrien, er hörte es nicht: gleich einem gebrochenen Manne hing er im Sattel; vor seinen Augen war immer nur sein schmächtiges Kind in eines Fremden Armen, dessen Antlitz er nicht erkennen konnte.

Erst als das Roß unter den Bäumen des Schloßberges hinantrabte, fuhr er empor und zog den Zügel an. Aber er wandte sein Tier und ritt zurück, er wußte selber nicht wohin; in seinem Kopfe war zu schmerzlich Wirrsal, das er weder schlichten noch zur Ruhe bringen konnte. Es dunkelte schon, da er zum zweitenmal heimkam und jetzt langsam in den Schloßhof einritt. – Nachts von seinem Bette, wo er mit gestütztem Kopf lag, trieb es ihn wieder auf: er fand sich plötzlich die Turmtreppe hinabsteigend; dann stand er hinten in dem Garten, den er seit Jahren nicht betreten hatte, und sah bald auf den Wipfel der großen Pappel, bald hinunter in die Tiefe. Ja, ja; sie drängte ihr mächtiges Gezweig hart an die Bergwand und oben an die Zinnen, er hatte sie lang darauf nicht angesehen; auch der König konnte dort den Baum nicht dulden!

Dann stieg er zurück in seine Kemenate und warf sich wieder auf sein Lager; als aber im Zwielicht der Ton des Wächterhorns an sein Ohr drang, sprang er auf und holte drunten selbst ein Dutzend Knechte aus den Betten. Und da die Sonne aufgestiegen war, hallten donnernde Schläge durch die Burg und rissen alle aus den Betten, die noch in Morgenträumen lagen. »Bas'! Bas'! Der Feind kommt!« rief Dagmar, jäh vom Kissen fahrend; und die alte Dame lallte, noch halb vom Schlaf befangen: »Bete, Kind! Bete! Wir sind arme Frauen!« Als aber Dagmar jetzt vor ihrer Bettstatt auf den Knien lag, richtete sie sich mühsam auf und strich mit ihrer sanften alten Hand das wirre Haar von der Stirn ihres Lieblings: »Ei, Kind«, sprach sie, während die Schläge immer lauter dröhnten, »das ist die Holzaxt, es ist ja nimmer Krieg!«

Ein Rauschen wie von hundert Adlerflügeln, der Donner eines furchtbaren Sturzes machte in diesem Augenblick die dicken Scheiben des Gemaches klirren Dagmar war totenbleich, und ihre Hand zitterte in der der Base; die aber lächelte: »Es ist ja nichts, Kind; sie haben einen Baum gefällt!«

Aber in Dagmars großen Augen stand der Schrecken: »Einen Baum? O Bas', ich dachte, der Himmel falle ein!«

Die Base schüttelte den Kopf: »Es kam ja von der Gartenseite; hörtest du das nicht?«

Dagmar griff plötzlich nach ihren Kleidern und begann sie über sich zu werfen. »Ja, Bas', ich glaub; ich will hinab!«

»Du töricht Ding!« rief die Base. »Was kümmert dich der Baum? Die Vögel sind ja kaum vom Nest geflogen.«

Aber das Kind, dem der Atem stockte, war selber schon hinabgeflogen; und die Alte faltete zum Morgengebet die Hände; durch das kleine Fenster fielen die ersten Morgenstrahlen.

– – Nicht lange danach trat der Schloßhauptmann in den Garten; die Dogge Heudan folgte ihm. Als sie bei den Zinnen hinaustraten, stand der Hund und schaute wie verwundert vor sich hin: die Pappel, wo war sie denn? Dann wandte er den Kopf und lief plötzlich in Sprüngen ein Stückchen seitwärts auf die Mauer zu.

»Dagmar?« rief der Ritter. »Du hier? So früh?«

Sein Kind stand reglos an den Zinnen und starrte in die Tiefe: sie schien ihn nicht zu hören; ihre Händchen hielt sie übereinander auf die Brust gedrückt, als müsse sie den Tod gefangenhalten.

»Dagmar!« rief er angstvoll. »Was ist dir? Bist du krank geworden?«

Da wandte sie sich und sah ihn an.

»Kennst du mich nicht? Ich bin's, dein Vater!« rief er und zog sie mit sanften Händen zu sich.

Ein Schrei entfuhr ihr: »Oh, er kommt nimmer wieder!« Dann brach sie in ihres Vaters Arm zusammen.

Ratlos blickte er auf das schmale Antlitz: die Wimpern der geschlossenen Augen lagen ruhig auf den blassen Wangen; aber das Herz schlug so gewaltsam, als wollte es die kleine Brust zersprengen. Leis neigte er sich an ihr Ohr: »Dagmar, mein Kind wer wird nicht wiederkommen?«

Ihre Lippen regten sich, aber ein Wort war nicht zu hören.

»Wer, mein vielliebes Kind?« wiederholte er. »Ich will ihn suchen helfen!«

Da flog ein selig Lächeln über das blasse Antlitz: »Rolf!« hauchte sie; und noch einmal wieder: »Rolf!«

»Weiter!« rief er hastig. »Wie weiter? Der Name läuft auf allen Gassen!«

Aber sie vermochte nur leis den Kopf zu wiegen, als sei das alles, was sie wisse.

»Rolf? Wer ist Rolf?« frug sich der Ritter. Zorn gegen den, der seinem Kinde das angetan hatte, brauste betäubend in ihm auf; aber er durfte jetzt nicht schelten, was sie liebte: ihr Leben hing daran. Des Schreibers Gaspard Nachricht tauchte in ihm auf: ein Junker, ein ritterlicher Mann doch mußte es gewesen sein! Da schlug ein furchtbarer Gedanke ihm durchs Hirn: »Dagmar«, sprach er be-

bend, »besinne dich! Nicht wahr, er trug einen Rock, einen Gürtel mit Stickereien? War kein Wappentier, zahm oder Gewild, darauf gestickt?«

Er starrte lange vergebens auf ihr Antlitz; dann bewegten sich ihre Augen unter den geschlossenen Lidern: »Ein Geier!« sprach sie leise.

Wie von jähem Stoß getroffen, fuhr der Ritter auf: »Rolf Lembeck!« schrie er. »Verfluchter! Das gilt dir deinen Tod!«

Das Kind aber schlang die Arme fest um seinen Hals: »Vater! Mein Vater!« schrie sie. »Oh, ich sterbe!«

Der Augenblick, den des Königs Arzt vorgesehen hatte, schien gekommen. Zwiefach gespitzt hatte der Pfeil ihr Herz getroffen; sie sprach nicht mehr; erbarmungslose Gichter warfen den jungen Körper in ihres Vaters Armen hin und wider.

Still trug der Ritter sein Kind ins Schloß zurück; Heudan, die Dogge, folgte mit gesenktem Haupt.

»Mariä Heimsuchung!« murmelte der Mann. »O heilige Mutter, nimm mein Kind in deinen Schutz!«

– – Aber die Mutter Gottes war nicht die Hüterin der Minne. – Ein Bote auf schnellstem Rosse ritt nach Schleswig, um einen sicheren Medikus zu holen; inzwischen legte die Base mit zitternder Hand kühlende Binden um das Herz des Kindes, und ein Chirurg aus Haderslev ging ihr dabei zu Hilfe; am Fuß des Bettes stand der Schloßhauptmann: »Die Tränen helfen nicht!« sprach er leis und biß die Zähne aufeinander.

– – Als aber die Dämmerung herabfiel, brachen jenseit des Gartens junge mutige Schritte aus dem Holz hervor; doch sie stockten plötzlich, da sie den Waldesrand erreichten. Es war lautlose Stille weit umher; nur eines war anders, als es sonst gewesen: im Wege vor des Anschreitenden Füßen lag der gestürzte Baum, und droben über der Mauerzinne, wo sonst die Pappelblätter flüsterten, stand die leere Luft.

Dem drunten mochte bald wohl alles anders erscheinen; denn statt des dunklen Köpfchens mit dem Silberreife sah er plötzlich die Gestalt eines starken Mannes dort oben an der Mauer. »Rolf Lembeck!« hörte er es wie im Traume herunterschallen; ihm war, als führe die Hand des Mannes nach dem Schwerte; es kümmerte ihn nicht, es war nur wie Gespensterspiel vor seinen Augen. Wie es geworden, wann er von dort gegangen sei, er wußte später nichts darüber.

– – An manchem Tage noch, im Mondlicht und im Sonnenscheine, stand Rolf Lembeck unten an dem Waldesrand. Die Tage wurden kürzer, der September begann das Laub zu färben, und nur Krähen und Falken schrien noch im Walde; aber fortan sah er droben nie ein andres als die kahlen Mauerzinnen, und kein Weg, keine Kunde war zwischen ihm und ihr.

Das waren Minnequalen, wie er noch nicht empfunden hatte, und sie gruben ihre Spuren in sein hoffnungsfrohes Antlitz und löschten den Glanz in seinen blauen Augen.

> O Minneleid, o sehnende Not,
> Euch will ich tragen
> Sonder Klagen
> Vom Morgen- bis zum Abendrot.
> Nur nicht, wovon zu sagen:
> Kein Leben und kein Tod!

So klagte er. Aber sie, die Eine, hörte es nicht; ein andrer war es, der ihre Hand zu fassen kam.

In der Kemenate der Base lag Dagmar; die Alte hatte ihrem Kinde den Platz geräumt und sich woanders eingebettet. Die Kranke war am Abend mit den Sterbesakramenten versehen worden; jetzt brachen die ersten Morgenlichter in das Zimmer.

»Mein Vater!« rief sie.

»Ich bin bei dir, Kind!« sprach der Schloßhauptmann, der die Nacht am Bette gewacht hatte.

»Hör!« sagte sie und hob einen Finger ihrer bleichen Hand. »Über uns, da oben auf der Hausfirst, sang eine Amsel!«

Er schüttelte den Kopf: »Du irrst dich, Dagmar, im Oktober singt keine Amsel; die Blätter fallen schon.«

»Ja, horch nur!« sagte sie wieder. »Ich hör's, sie singet mir den Tod an!« Und sie streckte sich auf ihrem Lager und faltete die Hände unter ihrer Brust.

»Mein Kind, du weißt, sie singt auch dem Leben; aber ich höre keine Amsel.«

Sie antwortete nicht; nur ihr Haupt, das mit geschlossenen Augen auf dem Kissen lag, bewegte sich wie verneinend.

Der Ritter sah auf sein Kind, und wie in schweren Zügen die kleine Brust sich hob und senkte; dann ward es stiller. Da streckte sie plötzlich wie in heftigem Gebet die Arme vor: »Nein, nein! Oh, noch nicht!« rief sie angstvoll. »Nur noch ein Weilchen!« Dann wandte sie das Haupt, und mit weit aufgerissenen Augen blickte sie auf ihren Vater.

Er fuhr zusammen, denn er kannte diesen flimmernden Schein; die Seele schien ihn nur mühsam festzuhalten. »Sprich, mein Kind!« sagte der Ritter sanft.

»Ich sterbe, noch heute!« sprach sie hart, und ihre kleine Hand erfaßte mit festem Griff des Vaters Arm. »Ich hab' noch einen Erdenwunsch: Rolf Lembeck – zürne nicht!« rief sie zagend.

Aber der verhaßte Name, den sie nimmer noch gesprochen hatte, war gleich eines giftigen Wurmes Stich ihm in das Herz gedrungen. »Nenn den Verruchten nicht! Die Minne, die dich betörte, verwest mit deinem Leib im Grabe!«

»Wer sagt das?« rief sie heftig.

»Nicht ich, mein Kind; die heiligen Bücher sagen es, die Kirche! Du weißt es ja!«

Ein Seufzer, wie ein Abschied von aller Erdenseligkeit, entrang sich ihrer Brust. Dann aber kam ein hastig Sinnen in ihre Augen, und ihre Hände strichen das wirre Haar sich von der Stirn. »Nein«, rief sie laut und richtete sich jäh empor, ein geisterhaftes Leuchten flog aus ihren Augen, »ich weiß es, Vater: die Minne ist stärker als der Tod!«

Ein Lachen voll Verzweiflung scholl aus des Ritters Kehle: »Gott wird euch scheiden!« rief er. »Dich wird er zu der Mutter seines Sohnes weisen; ihn, den Verfluchten, zum tiefsten Grund der Höllen. Tu dein Gebet, daß Gott sein Bild aus deiner Seele reiße!«

Da antwortete sie nicht mehr; aber ihre Hände hob sie betend auf, und flehend, daß kein Menschenherz ihr hätte widerstehen können, sprach sie: »Hilf du mir, lieber Herrgott! Nimm ihn mir nicht! Ich könnte sonst nicht in deinem Himmel leben!«

Der starke Mann fiel nieder auf seine Knie: »Sprich, Kind! – Alles, was du willst!«

Sie hatte sich mit beiden Armen aufgestemmt, mit aufgerissenen Augen sah sie ihren Vater an: »Rolf Lembeck!« flüsterte sie heiser. »Weiter nichts!« Sie hatte dem Tod die Worte abgerungen; nicht Dagmar war es, nur ein Gespenst von Dagmar saß an ihrer Stelle. »Lad ihn zu meiner Leiche, Vater! Sein Auge soll auf mir ruhen; noch einmal! Dann« – die Stimme brach ihr plötzlich – »laß ihn ziehn in Frieden!«

Ihr Mund war stumm; sie sank auf ihre Kissen.

Die Base war inzwischen leis hereingetreten und kniete neben ihr. »Oh, Kind, und in solcher Törnis willst du uns verlassen!« murmelten die alten Lippen; aber die Kranke regte sich nicht mehr. Der Ritter sprach zu sich: »Es ist alles aus, mein Leben mit dem deinen!« Er legte lind die Hand auf Dagmars Stirn und sagte: »Es soll geschehen, wie du es willst, mein Kind!« Und wie ein Lächeln flog es noch einmal über ihr Antlitz; sie lebte noch.

Aber da ihr Odem schwächer wurde und er sah, daß ihre Seele fliehen wollte, ging er zu einem Lädlein, darin geweihte Kerzen lagen, noch von dem großen Sterben her. Er nahm eine heraus und entzündete sie an dem Lämplein, das noch brannte. »Für mein Letztes!« sprach er und trat wieder zu seinem Kinde; dann faßte er ihre feinen Hände und schloß sie um die brennende Totenkerze und legte die seinen sorgsam noch darüber, daß nicht ein Tröpflein heißen Wachses sie von ihrem letzten Pfad zurückschreckte. Still harrend saß er auf der Kante des Bettes; die neben ihm kniende Base sprach: »Gott hat dir ein Lichtlein geben; das leucht' dir uns ewige Leben!« Und beide sahen, wie die Flamme von dem Odem der Sterbenden immer schwächer bewegt wurde. Da plötzlich flackerte die Kerze und erlosch; ein leichter blauer Qualm zog durchs Gemach. »Dagmar, mein Kind! O süße Dagmar!« rief der Mann; aber Dagmar hatte sanft ihr Haupt geneigt, und eine schöne Tote lag jetzt auf dem Kissen. Die Base sprach: »Auf Wiedersehn in Gottes Himmelreich!«

Der Schloßhauptmann, der die erloschene Kerze fortgelegt hatte, sah jetzt finster auf die Leiche seiner Tochter: »Sein Name war dein Letztes.« – Er ging zur Tür und schellte.

Eine alte Dienerin war eingetreten. »Meine Tochter Dagmar ist nicht mehr auf Erden«, sprach er und schwieg dann plötzlich; das Knochengespenst des Todes, der ihm sein Kind genommen hatte, stand vor seinem inneren Auge, aber statt des nackten Schädels trug es den schönen Kopf des jungen Ritters Lembeck auf den Schulterknochen. Und aus der lang verschlossenen Falte seines Herzens schoß der Jähzorn ihm ins Hirn und fegte es leer von Verzweiflung und Leid, die es erdrücken wollten. Und in ihm sprach es: »Es soll geschehen; ich hab' mein Wort gegeben; doch – umsonst, Rolf Lembeck, sei auch nicht der ärmste Tropfen deines Minneglücks!« Dann wandte er sich wieder zu der Dienerin: »Versteh mich, Stine, und künd es auch den andern: drei Tage lang, bis ich eure Zungen löse, geht über den Tod nicht Kunde aus unsern Mauern! Das Zügenglöcklein soll nicht läuten; bestelle mir sogleich Ambrosius, meinen alten Diener; laß den Priester in meinem Gemache unten mich erwarten!«

Im Hofe zu Dorning saß gegen Abend des nächsten Tages der Ritter Rolf Lembeck unter der Burglinde. – Er war allein; noch am Tage seiner Rückkunft, als vorher die Pappel und sein Glück gefällt worden, hatte Frau Wulfhild eilig nach ihrem Hof in Holstein müssen: zwischen Meier und Gesinde, so hatte sie gesagt, sei Unfriede ausgebrochen und die Gegenwart der Herrin nötig worden. Aber es lag wohl Tieferes am Grunde; im Augenblick der Abreise hatte Rolf einen Zug wie von versteinertem Entsetzen in ihrem Antlitz wahrgenommen; die Leidenschaft zu ihrem Eheherrn schien völlig ausgelöscht. Nach ihrer Abfahrt hatte der Junker Bookwald ihm geplaudert: es heiße, Hans Pogwisch, des Ritters Vorwirt, sei nicht durch seine Wunde, er sei durch Gift vom Leben in den Tod gekommen; so werde in der Gesindestub geredet; woher es komme, wisse er nicht; als aber die Schürzenmagd es an die Frau getragen, sei die zum Tod erschrocken worden und habe ihr zornig Schweigen auferlegt, was doch nicht habe helfen wollen.

Darüber grübelte der Ritter, und seine Augen folgten achtlos, wie der Abendschatten allmählich den Brunnen und den ganzen Hof bedeckte. »Darum auch!« sprach er leise. »Sie wollte keinen mit sich haben; nicht mich, nicht Gaspard – den am wenigsten!« – Dann flogen die Gedanken mit ihm nach dem Inseldorfe Borgsum; was er mit seinem Vater dort am Bau geredet hatte, kam ihm zurück: er hörte wieder das Lachen des alten Herrn bei der Geschichte von dem Orlamünder: »Geduld, mein Sohn! Was dies Weib dir wert ist, wirst du erst sehn, wenn dich der Däne überfällt! Und – mit den Schauenburgern muß man sachte gehen!« Als aber der Tod des Pogwisch dann zur Sprache kommen, war er still geworden; einen Stein hatte er vom Boden gehoben und in den Bau geworfen. »Herrin auf Dorning und eine Gifthexe?« hatte er überlaut gerufen. »Nein, Rolf, das soll sie nicht, und wenn sie es großen Carol Tochter wäre! Ich helfe dir, mein Sohn; aber – Geduld! Denn stumpfe Pfeile erlegen kein Wild!«

Er fühlte noch, wie ihm der Atem derzeit bei diesen Worten frei geworden, wie lind die Nachtluft durch sein Haar gestrichen, da er sie später und vergebens i h r entgegentrug. – Leis und in Qualen rief er ihren Namen.

Es dunkelte mehr und mehr, und der Ritter war aufgestanden, um in die Burg zurückzugehen; da drang ein dröhnender Ton vom Außentor herein, das schon geschlossen war; dort hingen Schalltafel und Hammer in Ketten an dem Pfosten; es hatte jemand angeschlagen, um Einlaß zu begehren. Dann knarrte das größere Tor, und bald schritt aus der Einfahrt einer der Wächter über den Hof und meldete: »Ein Bote vom Schloßhauptmann zu Haderslevhuus!«

»So spät?« Rolf Lembeck war es, als habe er unsichtbar einen Schlag erhalten. »Laß ihn hieherkommen!«

Es ritt dann einer in den Hof, und als er näher kam, erkannte der Ritter bei dem Mondlicht, das über den Seitenbau hereinschien, daß er bunt und lustig gekleidet war: von der Achsel hing ihm ein lichtrot Seidengeschnür, auch solche Feder von der Haubenkappe. Als er aber schwerfällig von seinem weißen Pferd gestiegen und, das Tier dem Knechte übergebend, mit entblößtem Haupte vor den Ritter getreten war, sah dieser, daß es ein alter Mann sei, dessen weißer Knebelbart über einem zahnlosen Munde hing.

Der verneigte sich und begann eine lange, kaum verständliche Ansprache; doch der Ritter fiel ihm in die Rede: »Ich hab' keine Lust am Überflüssigen; mach es dir bequem, sag's kurz, was dein Herr von mir begehrt! Mir klang's, als solltest du mich gar zur Hochzeit laden?«

»Ihr habet recht gehört, Herr Ritter«, sprach der Bote; »ich aber dank Euch für den Richtsteig.«

»Zur Hochzeit?« frug Lembeck sinnend. »Man pflegt sonst solche Ladung am hellen Morgen zu bestellen!«

»Verzeihet, Herr! Ich bin nur der älteste der Knechte und bin geritten, wie der Herr mich ausgesandt.«

»So sprich denn, wessen Hochzeit gilt es? Will Euer Herr der Witwenschaft Valet geben?«

Da schien der Bote sich mühsam aufzuraffen, und erst nach einer Weile sprach er: »Die Jungfrau Dagmar, des Herrn letztes Kind, ist es, zu deren Festtag ich Eure Gegenwart erbitten soll.«

Der Ritter schwieg, in seinem Hirn erstickte er den Schrei: »Du lügst!« Nur sein Antlitz wurde braun und wieder blaß; aber der

Bote sah es nicht, denn der Ritter saß im tiefen Lindenschatten. Mit trockener Stimme sprach er endlich: »So sag mir, wie heißt der Mann, dem solch Glück gefallen ist?«

»Herr«, erwiderte der Alte, »ein schneller Freier ist es gewesen! Ich sah ihn nicht, und ward sein Name mir nicht genannt; doch soll er weit in der Welt bekannt sein. Es fehlt an ritterbürtigen Zeugen; drum wollet der Jungfrau die erbetene Ehre antun! Wenn Ihr mit Mondesaufgang kommet, wird es recht sein!«

Wieder schwieg der Ritter, und der Bote stand harrend vor ihm. Einzelne Knechte mit trüben Hornleuchten gingen über den Hof, und wenn im Flügel die Tür nach der Gesindestube aufging, flog ein Lichtschein durch die Mauerschatten; im Brunnen fielen die Tropfen von dem Eimer tönend in die Tiefe. Da kam ein junger Schritt vorüber. »Gehrt, bist du es?« rief der Ritter.

»Ich bin es, Herr!«

»So nimm den Boten mit dir und laß ihm einen guten Trunk geben!«

»Und was für Kunde«, frug dieser, »bring ich meinem Herrn?«

»Geh nur! Wo Jungfer Dagmar hochzeitet, darf ich nicht fehlen!«

Sie gingen, und der Ritter saß wieder auf der Lindenbank. Vergebens bohrte sein Verstand an diesen Rätseln; aber in seinem Innern kochte es vor Weh und Grimm.

Am nächsten Tage, da schon die Abendschatten fielen, stand in einem Burggemache Gaspard der Rabe vor seinem Herrn; die Augen des klugen Gesichtleins blickten fast ermüdet. »Du siehst übel aus, was ist dir?« sprach der Ritter, der mit aufgestütztem Arm am Tische saß.

»Herr, für uns ist üble Zeit«, erwiderte der Schreiber und sah dem andern in die verwachten hohlen Augen. »Wenn Ihr's erlaubt, Ihr gleichet selber kaum einem Hochzeitsgast!«

Ein schweres Atmen war die einzige Antwort.

»Herr!« rief Gaspard plötzlich. »Gehet nicht, wohin man Euch geladen hat!«

Wie abwesend sah ihn der Ritter an: »Meinst du? Weshalb nicht, Gaspard?«

Verzeihet, wenn ich von Euren letzten Tagen mehr weiß, als Ihr denket« – und Gaspard ließ den Kopf auf die Seite sinken –, »Ihr seid doch unschuldig in Eurem Herzen! Herr, trauet nicht den Dänen!«

»Du weißt, mich hat kein Däne geladen!«

»Er ist des Königs Mann.«

Tonlos erwiderte der Ritter: »So sprich, wenn du Unholdes von ihm wahrgenommen hast!«

»Herr!« sprach Gaspard und legte die Hand auf seine schmale Brust; »soweit unsre Herrin nicht meinen Dienst begehrt, der er vorab gehöret, sind Kopf und Hand die Euren! Ich bin noch in der Nacht dem Boten nachgegangen und habe bis zum Morgenrot die Burg umschlichen, dann noch vom Vormittag bis Mittag: es ist, als sei sie zugemauert; kein Tor, kein Schlupfpförtlein hat sich aufgetan; ich hab' nichts vernommen. Doch – was soll Euch die Hochzeit? – Der Schloßhauptmann wird einen dänischen Junker sich geholet haben und mit dem das arme Kind zusammenschmieden lassen. Euch aber wird man aus den Hochzeitsbechern Hohn und Weh zu trinken geben! Wer weiß, Ihr trinket wohl den Tod daraus! Bleibt, geht nicht, lieber Herr!«

Er wollte ihm zu Füßen fallen; aber Rolf ergriff ihn bei den Schultern und sah mit blitzenden Augen in die seinen: »Da du es ehrlich meinst, so hör mich, Gaspard!« Er schrie es, daß es in dem weiten Raume von den Wänden hallte: »Und wenn auch in den Tod, ich muß! Dies Kind hat mir die Seele ausgetrunken!«

»Ruf mir den Junker!« fuhr er nach einer Weile fort. »Er soll mein schwarzes Gewand bringen; das ziemt mir bei dieser Hochzeit! Und auch – mein allerschärfstes Schwert! – Ihr beide, wenn' euch gelüstet, dürft mich begleiten!«

– – Um ein paar Stunden später ritten sie dahin, und schon trabten die Pferde in dem Sandweg und im Schutz des dunklen Waldes. Ein leichter Wind hatte sich aufgemacht, und Wolken zogen über den Mond; über ihnen rauschte es in den Wipfeln. Rolf Lembeck, der voranritt, hatte auf dem Weg kein Wort verloren; als sie der Burg sich nahten, drückte er die linke Faust auf seine Brust, als müsse er dem Blute wehren, sie zu sprengen. Auch Gaspard hatte genug an Sorg und Neubegier und ließ die Zunge ruhen; nur Junker Gehrt stieß mitunter seiner Stute die Sporen in die Weichen, daß sie wild emporstieg; er mußte seinem innern Jauchzen Luft geben, denn er dachte an den Reigentanz mit hold geschmückten Jungfräulein, dem er entgegenreite.

»Gaspard!« rief er. »Mir ist – hört Ihr die Flöten und Geigen von der Burg herunter?«

Doch Gaspard lachte verdrossen: »Euch Jungen ist leicht gepfiffen; ich hör die Wetterfahnen auf den kleinen Türmchen kreischen.«

»Ei was! Ihr habt doch feine Ohren!«

Aber er blieb ohne Antwort. Sie wandten die Pferde in den finsteren Baumgang und trabten den Anberg zu der Burg hinauf. Ein heller Schein drang durch zwei offene Tore und über der Ringmauer ihnen entgegen. »Joseph und Heilige Jungfrau!« rief der Junker. »Da brennt das Wachs von einem ganzen Sommer!«

»Ja, ja«, sagte Gaspard, »Eure Jugend wird nicht verborgen bleiben.«

So ritten sie über die Brücke durch die Torfahrt in den innern Hof, wo der gewaltige Bau vor ihnen aufstieg; aus seinen vielen kleinen Fensterhöhlen schoß eine Flut von Kerzenstrahlen auf sie zu; nur links am Flügel ragte der stumpfe Turm lichtlos in die Sternennacht. Ihren geblendeten Augen war der Hof bis an die Mauern voll von Menschen; aber ein hochzeitliches Treiben schien es nicht; es war, als ob sie nur die Köpfe wandten und leise zueinander raunten.

Als die Reiter von ihren Rossen gesprungen und Diener vorgetreten waren, die ihnen die Tiere fortführten, stand ein großer Mann mit todblassem Antlitz unter grauem Haupthaar vor dem Ritter; zwei Diener mit Windlichtern, deren Flammen im Nachtwind wehten, waren ihm zur Seite. Da die Herren sich im Fackelscheine sahen, stutzten sie einen Augenblick, ein jeder über des andern schwarze Tracht; dann sprach der graue Mann: »Nehmt Dank, Herr Ritter, von mir und für mein Kind! Ihr durftet hier heut nicht fehlen!«

»So dacht ich auch« erwiderte der andre beklommen. »Doch wollet mich nun führen, Herr Schloßhauptmann, auf daß ich Wunsch und Ehrerbietung der Braut zu Füßen lege!«

Der alte Ritter, der seinen Gast mit starrem Aug gemustert hatte, neigte das Haupt und faßte dessen Hand; die Diener mit den Lichtern schritten ihnen voran, durch die schweigenden Menschen dem Treppenturm im Hochbau zu. Als sie hineintraten, blickte Gaspard, der mit dem Junker folgte, durch eine offene Tür, die seitwärts in die untre Halle ging; es brannten viele Kerzen dort, sonst war es leer; nur mitten auf den Fliesen schlief ein großer Hund.

Aber der Hausherr führte sie die Wendelstiege zum oberen Stock hinan. Da sprach Rolf Lembeck im Emporsteigen: »Der Hof ist voll Menschen, Herr; was ist es so totenstille hier?«

Der Schloßhauptmann aber warf das Haupt zurück: »Mein Kind hat viel Leid gelitten«, sprach er; »es bedarf der Ruhe.«

Sie waren in eine große Halle eingetreten, an deren einer Seite sich viele Türen, im Grunde ein geschlossenes Doppeltor befand; vor diesem war ein niedriger Aufbau, mit weißem Samttuch behangen; an beiden Seiten der Halle standen Männer und Frauen, alle in feierlicher Ruhe und in schwarzen Gewändern; nur an dem Doppeltor stand ein Priester in weißem Maßkleid.

Dem jungen Ritter, da er sich umsah, ward der Atem schwer. »Herr Schloßhauptmann«, sprach er wieder, »wollet mir sagen: ich sah noch nimmer eine Hochzeit mit so dunklen Gästen!«

Der aber erwiderte: »Seit drei Tagen hat mein Kind sich Schwarz zur Leibfarbe angenommen; es ist wohl seltsam, doch es ist mein letztes – so muß ich ihr den Willen tun. Geduldet Euch, die Braut wird bald erscheinen!«

Rolf Lembeck schwieg, und unter all den Menschen war es wieder lautlos still.

Da nahte sich ein Rauschen hinter den geschlossenen Toren, ein Zug von langsamen Schritten wurde hörbar, und indem die Tore sich öffneten, scholl, von jungen Frauenstimmen gesungen, ein De profundis wie von den Sternen nieder.

Ein Schauer schlug Rolf Lembeck durch die Glieder; aber schon hatte der Zug der Jungfrauen die Schwelle überschritten. Er streckte sich und hob den Kopf; so stand er wie erstarrt, und nur sein Auge wurde wie das eines Raubvogels. Er sah die singenden Jungfrauen eine Totenlade von den Schultern heben und sie auf die Samtbühne niederlassen; er sah in weißen Sterbgewändern ein Weib – nein, nicht ein Weib; aus weißen Binden sah ein totes Kinderantlitz –, da ließ der Bann von ihm: ein furchtbarer Schrei scholl durch die Halle. Der Gesang riß ab, und mit erhobenen Armen brach Rolf Lembeck durch die Menschen; er stürzte sich über den Sarg und preßte seine Lippen auf das tote Antlitz seiner Liebe: »O Dagmar, das ist unsre Hochzeit!«

Da ging ein Rauschen durch die Menge, die Schwerter flogen aus den Scheiden, und Schrei und Rufe schollen durcheinander: »Wer ist's? Der Lembeck? Packt den Tollen, den Leichenschänder! Schlagt ihn nieder!« Der Priester aber streckte die Hände nach dem Kühnen und schrie: »Anathema!« Nur der jungen Sängerinnen eine, die der Blick von seinen blauen Augen gestreift hatte, sank in die Knie und betete: »O Gott der Liebe, erbarm dich ihrer beider!«

Rolf Lembeck regte sich nicht, sein scharfes Schwert hing ruhig in der Scheide. Plötzlich drang ihm die Stimme Gaspards in das Ohr: »Flieht! Flieht, Herr! Der Junker und ich versperren hier den Weg!«

Er riß das Haupt empor; er sah die Schwerter glitzern, und wie Gespenster drangen die schwarzen Gestalten auf ihn ein; schon fiel Gaspard neben ihm zu Boden; da fuhr es wie düsterer Wetterschein ihm durch das Hirn: noch eines Atemzuges Dauer, dann hob er mit jähem Griff die tote Liebste aus ihrer Lade und entfloh. Durch den tobenden Lärm, der sich erhob, klang die mächtige Stimme des Schloßhauptmanns: »Zurück! – Mein Kind – mein Fest – und auch der Verfluchte!«

Aber Rolf Lembeck war nicht mehr in der Halle. Die Tote an sich pressend, die Augen wie im Wahnsinn auf das süße, starre Antlitz heftend, war er durch den dahinterliegenden Saal geflohen; die Tür genüber warf er eben zu.

Der Saal war leer: die Kerzen flammten; Rolf aber floh, er wußte nicht wohin; nur irgendwo allein, in Sicherheit mit ihr! Nur eine, noch eine stille letzte Stunde mit der Toten! Ob jemand folge, daran dachte er nicht; er kam durch eine Tür in kleine düstere Gemächer, wo nur ein Mondstreif auf das stille Antlitz fiel; eine Treppe tiefer öffnete er eine große Tür, da schlug der Kerzenglanz aus einer weiten Halle ihm entgegen; von der Mitte des Fußbodens erhob sich ein gewaltiger Hund und rannte mit heiserem Knurren auf ihn zu. Rolf schloß die Tote fester an sich und hatte schon die Hand am Schwert, da sprang das große Tier mit zärtlichem Winseln an ihm auf. »Heudan, du bist es, Heudan!« rief er und stand einen Augenblick und legte die Hand liebkosend auf den Kopf des Tieres.

Aber drüben von der Turmtreppe aus trat die furchtbare Gestalt des Schloßhauptmanns ihm entgegen; ein Wutschrei flog zu ihm hinüber, da floh er durch dieselbe Tür zurück und warf sie hinter sich ins Schloß. Noch einen finsteren Raum, dann stieß sein Fuß an eine Treppenstiege; er klomm hinauf, da kam es hinter ihm – nein, es war nur der Hund. Die Treppe wand sich höher, nur hie und da ein Mauerloch, durch das die Nachtluft zog, dann ihm zu Häupten eine offene Luke. Er stieg hindurch und warf sie zu.

Es war die Platte des stumpfen Turmes, die er erklommen hatte; vom Hofe drunten kam kein Laut herauf, es schien dort alles leer geworden. Sanft rauschte der Lindenwipfel aus der Tiefe, denn der Abendwind war fast entschlafen; über ihm flammte der Himmel in seinen Millionen Sternen, und von Süden schimmerte die Bucht des

Kleinen Beltes; über die Wasser hatte der Mondschein eine Brücke von Licht geworfen.

Rolf lag auf beiden Knien, die Liebste in seinem Schoß. »Weg mit den Totenbinden!« sprach er leise und löste die breiten weißen Bänder, die das zarte Haupt umschlossen hielten: wie traurige Freude flog es durch seine Augen, als jetzt das schwarze Seidenhaar hervorquoll: »Ja, du bist es, süße, heilige Dagmar!«

Da schollen Schritte von der Wendelstiege her; rasch und zornig kamen sie herauf. Er sprang empor; er lief zur Brüstung und hielt die Tote auf beiden Armen in den weiten Himmelsraum hinaus: da war noch Platz für sie und ihn; auf Erden nicht mehr! – Plötzlich wandte er den Kopf, die Falltür war aufgeschlagen, und mit halbem Leibe ragte die Gestalt des Schloßhauptmanns daraus hervor. Aber er stieg nicht weiter; mit entsetzten Augen streckte er die Arme aus und rief in bitterem Flehen: »Rolf! Rolf Lembeck, gib mir mein Kind! Was gilt dir noch der tote Leib?«

Der aber wandte seine Augen wieder zu dem bleichen Antlitz: »O Dagmar!« rief er; »Süße, Selige! Breit deine Flügel nun und nimm mich mit dir!« Er schlang die Arme fest um ihren Leib; da war mit einem Satz der greise Mann ihm in dem Rücken; er stürzte vor und griff nach ihm, doch seine Faust fuhr in das Leere. Ihm war, als flög ein Schatten ihm vorüber; er sah jenseit der Brüstung, wie in der Sternennacht die Sterbekleider seines Kindes wehten; dann nichts mehr, nur von unten auf der Nachhall eines schweren Falles. Der Abendhauch fuhr über die leere Turmdecke; der Hund stand mit den Vordertatzen auf den Zinnen und sah winselnd in die Tiefe.

Da war sein Zorn als wie ein Rauch verflogen; er fiel auf seine Knie und faltete die Hände: »Herrgott, so nimm sie beide gnädig in dein Reich!« Und über ihm flimmerten die Nachtgestirne in ihrer stummen, unerschütterlichen Ruhe.

– – So endeten zwei schöne Menschenblüten, und so endete diese Märe; es war, wie es in unserm alten Liede heißt: »Daß Liebe stets nur Leiden am letzten Ende gibt.«

*

»Und die andern?« fragt ihr. »Was ward aus denen?«

– Die andern? – Ich habe von ihnen weiter nichts erkunden können; es gab ja Klöster derzeit, in die hinein sich ein beraubtes, auch
ein verpfuschtes Leben flüchten konnte! Was liegt daran? Die Ge-
räusche, die ihre Schritte machten, sind seit Jahrhunderten verhallt
und werden nimmermehr gehört werden.

Über tredition

Eigenes Buch veröffentlichen

tredition wurde 2006 in Hamburg gegründet und hat seither mehrere tausend Buchtitel veröffentlicht. Autoren veröffentlichen in wenigen leichten Schritten gedruckte Bücher, e-Books und audio-Books. tredition hat das Ziel, die beste und fairste Veröffentlichungsmöglichkeit für Autoren zu bieten.

tredition wurde mit der Erkenntnis gegründet, dass nur etwa jedes 200. bei Verlagen eingereichte Manuskript veröffentlicht wird. Dabei hat jedes Buch seinen Markt, also seine Leser. tredition sorgt dafür, dass für jedes Buch die Leserschaft auch erreicht wird.

Im einzigartigen Literatur-Netzwerk von tredition bieten zahlreiche Literatur-Partner (das sind Lektoren, Übersetzer, Hörbuchsprecher und Illustratoren) ihre Dienstleistung an, um Manuskripte zu verbessern oder die Vielfalt zu erhöhen. Autoren vereinbaren direkt mit den Literatur-Partnern die Konditionen ihrer Zusammenarbeit und partizipieren gemeinsam am Erfolg des Buches.

Das gesamte Verlagsprogramm von tredition ist bei allen stationären Buchhandlungen und Online-Buchhändlern wie z. B. Amazon erhältlich. e-Books stehen bei den führenden Online-Portalen (z. B. iBookstore von Apple oder Kindle von Amazon) zum Verkauf.

Einfach leicht ein Buch veröffentlichen: **www.tredition.de**

Eigene Buchreihe oder eigenen Verlag gründen

Seit 2009 bietet tredition sein Verlagskonzept auch als sogenanntes "White-Label" an. Das bedeutet, dass andere Unternehmen, Institutionen und Personen risikofrei und unkompliziert selbst zum Herausgeber von Büchern und Buchreihen unter eigener Marke werden können. tredition übernimmt dabei das komplette Herstellungs- und Distributionsrisiko.

Zahlreiche Zeitschriften-, Zeitungs- und Buchverlage, Universitäten, Forschungseinrichtungen u.v.m. nutzen diese Dienstleistung von tredition, um unter eigener Marke ohne Risiko Bücher zu verlegen.

Alle Informationen im Internet: **www.tredition.de/fuer-verlage**

tredition wurde mit mehreren Innovationspreisen ausgezeichnet, u. a. mit dem Webfuture Award und dem Innovationspreis der Buch Digitale.

tredition ist Mitglied im Börsenverein des Deutschen Buchhandels.

Dieses Werk elektronisch lesen

Dieses Werk ist Teil der Gutenberg-DE Edition DVD. Diese enthält das komplette Archiv des Projekt Gutenberg-DE. Die DVD ist im Internet erhältlich auf **http://gutenbergshop.abc.de**

Zeitfracht Medien GmbH
Ferdinand-Jühlke-Straße 7
99095 Erfurt, Deutschland
produktsicherheit@kolibri360.de